Kaleidoskop

Das Happy End
liegt im Auge des Betrachters

Tanja Wahle

www.buch.guru

Impressum

© 2022 Copyright by Tanja Wahle,

Hamburg, 1. Auflage

www.buch.guru
www.facebook.com/Tanja.Wahle.Hamburg

Foto: Maria Fox

Herstellung und Verlag:

BoD – Books on Demand, Norderstedt

ISBN 978-3-7568-4359-6

Vorwort   5

1. Blütezeit   7

2. Ein Wunder   14

3. Happy Anniversary   31

4. Holunterblüten-Apfel-Tee   51

5. Ich werde dich nie vergessen   74

6. Schöne Aussicht   87

7. Unentschlossen   99

8. Die Trösterin   120

9. Homeoffice   135

10. Zur Person Tanja Wahle   150

Vorwort

„Haben diese Geschichten eine Verbindung?" wurde ich neulich gefragt. Nein, eigentlich nicht, aber sie sind entstanden aus meiner Neugier, die andere Seite der Medaille kennenzulernen. Nicht um sie zu mögen, nicht um sie zu verstehen oder der gleichen Meinung zu sein, wie der Täter, aber immer auf der Suche nach dem Grund. Warum stehlen Menschen, verletzen oder töten vielleicht sogar?

Diese Geschichten ergeben für jeden ein anderes Bild aus den „Stückchen", die jeder von uns hineinliest. Ähnlich wie bei einem Kaleidoskop, das sich ändert, wenn man es dreht.

Blütezeit

Hack, Gewürze, Zwiebeln und eine Mohrrübe, gehackte Tomaten, Tomatenmark. Sie zählte die Zutaten in ihrem Kopf auf und überprüfte, ob sie alles vorbereitet hatte. Denn gute Vorbereitung war alles. Während sie wartete, dass das Öl heiß wurde, sah sie aus dem Fenster und betrachtete voller Stolz ihr neues Blumenbeet im Garten. Eine stattliche Größe hatte es und die Blumen fingen langsam an zu sprießen. Sie hatte Wildblumensamen gesät und von Tag zu Tag kamen mehr grüne Köpfchen zum Vorschein. Bald würde es ein richtiges Blumenmeer sein.

Eigentlich hatte sie einen Gärtner, aber dieses besondere Projekt wollte sie selber in die Hand nehmen. Ihr Gärtner, ein Rentner der sich seit einigen Jahren bei ihr etwas dazu verdiente hatte sich so gefreut. Sie hatten vor dem neuen Beet gestanden und sie hatte über seine Euphorie gelächelt. Gemeinsam hatten sie noch einen Kaffee getrunken und gefachsimpelt. Also, er hatte gefachsimpelt, sie hatte Kaffee getrunken.

Sie hatte das Beet angelegt, als er im Urlaub war. Was für eine glückliche Fügung. Das hatte ihr etwas Zeit verschafft. Denn entgegen ihrer Gewohnheit, sich immer gut vorzubereiten, hatte sie in diesem Fall im Affekt gehandelt. Das wäre vielleicht zu ihrem Vorteil ausgelegt worden, aber das Risiko wollte sie nicht eingehen.

In ihrem Job hatte sie gelernt, dass gut vorbereitet und informiert zu sein unverzichtbar war. Das war letztlich das unspektakuläre Geheimnis ihres Erfolges.

Und dann war er in ihr Leben getreten. Das heißt, zuerst war er in ihr Büro getreten, dann in ihr Leben und als sie einen kleinen Moment nicht aufgepasst hatte, war er darin herumgetrampelt.

Sie hatten eine kurze Affäre, es war nichts Besonderes und fing bereits an sie zu langweilen. Niemand hatte davon gewusst und ihr war klar gewesen, dass es nur ein netter Zeitvertreib war. Aber sie hatte ihn unterschätzt. Er hatte sie gefilmt, während sie Sex hatten. Gut, sie konnte sich sehen lassen, aber man sah dort deutlich mehr, als sie jemals von sich hätte Preis geben wollen. Er wollte sie erpressen, er wollte ihren Job, ihren Erfolg. Aber er hatte sich nicht gut vorbereitet und war offensichtlich mit einer zu kleinen kriminellen Energie gesegnet. Nicht das Einzige, was von Natur aus zu klein an ihm war, aber sie wollte sich jetzt auch nicht über ihn lustig machen.

Sie lagen noch erhitzt nebeneinander, als er ihr das Video auf seinem Handy zeigte. Er offenbarte ihr, was er wollte und sie nickte, stand auf, schlüpfte elegant in ihren Kimono und verließ das Schlafzimmer.

Nach einer halben Stunde rief er nach ihr und als sie nicht antwortete, machte er sich auf die Suche. Er hatte sie im Wohnzimmer gefunden. Sie stand dort lächelnd im Dämmerlicht. Als er einen

Schritt auf sie zu machte klebte plötzlich etwas knisternd unter seinen Füßen. Er fing noch einen Satz an, mit dem er sie fragen wollte, was hier los war, da durchbohrte der Bolzen sein Herz. Er blickte sie erstaunt an, bevor das Leben aus seinen Augen wich und er der Länge nach auf die von ihr vorbereitete Folie fiel. Sie rollte ihn ein und wuchtete ihn hinter ihr Sofa. Ihr Plan war spontan, aber sie musste zugeben, dass sie trotzdem mit der Ausführung zufrieden war. Ein guter Schuss, wenn man überlegt, wann sie den Bogen zum letzten Mal in der Hand gehabt hatte.

Am nächsten Morgen hatte war sie angefangen, ihren Garten umzugraben, wählte einen Platz im Garten, der nicht von außen einsehbar war und grub ein Loch. Danach lud sie die in Folie eingepackte Leiche auf eine Sackkarre und brachte sie unter Aufwendung all ihrer Kräfte in den Garten. Das Workout würde heute überflüssig sein, dachte sie beim Blick in das Loch, in dem jetzt seine Leiche lag. Eine Stunde später harkte sie die Blumensamen ein und goss die Samenpracht. In ein paar Wochen würde alles blühen.

Die Meldung über sein Verschwinden erreichte sie in ihrem Büro. Sie war angemessen betroffen und so blieb es auch während der Befragung durch die Polizei. Reine Routine. Alle Kollegen wurden befragt. Niemand konnte sich erklären, wo er geblieben war. Verwandte berichteten, dass er Single war und auf seine Karriere fokussiert. Sie beteuerte, dass sie ihn so gut leider nicht gekannt hatte. Die Ermittlungen würden eingestellt werden. Keine Leiche, keine Hinweise, kein Motiv. Man fing jetzt an zu vermuten, dass er sich einfach abgesetzt haben könnte, um die Welt zu bereisen, wie er es immer allen erzählt hatte.

Die Bolognese-Sauce köchelte mittlerweile vor sich hin und sie stand mit ihrem Wein am Fenster und prostete dem Blumenbeet zu. Er hätte sie nicht unterschätzen sollen, aber er konnte ja auch nicht ahnen, was ihm blühen würde. Sie lachte leise über ihren doppeldeutigen Gedanken. Sie horchte kurz in sich hinein, aber da war kein Funke Reue. Sie zuckte mit den Schultern und machte sich daran, ein Sieb für die Nudeln zu holen. Sie hatte einen Mordshunger.

Ein Wunder

Ein Geräusch hatte sie geweckt. Noch schlaftrunken und mit geschlossenen Augen lauschte sie dem Gezwitscher der Vögel, das durch die offene Terrassentür zur ihr hineindrang. Sie lächelte und kuschelte sich wieder in ihr Kissen. Aber da war es wieder: Das Geräusch. Es klang wie ein Schnarchen. Sie entspannte sich wieder und dachte sich, dass ihr Mann sicherlich noch tief schlief. Aber dann war sie auf einmal hellwach. Ihr Mann hatte Nachtschicht. Sie war allein. Und dennoch war da dieses Schnarchen. Ihr Herz klopfte so laut, dass sie sich nicht sicher war, ob sie sich dieses Geräusch nicht nur eingebildet hatte. Sie atmete flach und versuchte, sich so geräuschlos wie möglich umzudrehen. Sie konnte es kaum glauben, aber im Bett ihres Mannes neben ihr, lag ein Kind. Offenbar ein kleiner Junge, vielleicht knapp zwei Jahre alt. Er schlief selig und tief neben ihr. Sie schaute in alle Richtungen, aber sonst war da niemand. Nur dieser kleine Engel, der dieses winzige Schnarchen von sich gab und so wunderschön aussah. Ein perfekter kleiner Mensch. Sie legte sich möglichst leise wieder auf ihr Kopfkissen, gemütlich auf ihren Arm und schaute ihm beim Schlafen zu. Sie konnte sich nicht sattsehen an seinem Anblick. Ab und zu machte er kleine schmatzende Geräusche und strampelte im Traum mit Armen und Beinen. Vielleicht jagte er einen Drachen, oder er lief einer Seifenblase hinterher. Wer konnte schon wissen, was im Kopf dieses wundervollen Wesens vorging. Ihr

Handy brummte und kündigte so eine neue Nachricht an. Sie bewegte sich nicht und atmete ganz leise, damit das kleine Wunder neben ihr nicht aufwachte.

Schließlich machte es den Anschein, als ob der kleine Sonnenschein wach würde. Sie streckte zögerlich ihre Hand aus und strich sanft über seinen kleinen Bauch. Tränen stiegen ihr in die Augen. Wie oft hatte sie sich schon gewünscht, dass so ein kleiner Mensch in ihr Leben kommen würde.

Sie hatten nicht viel Glück gehabt. Auf natürlichem Wege war sie nicht schwanger geworden. Dann hatten sie die Riege der Möglichkeiten der künstlichen Befruchtung voll ausgeschöpft. Schließlich hatten sie beschlossen sich eine Pause zu gönnen. Sie wollten ein Jahr warten, bevor sie sich noch einmal mit anderen Möglichkeiten, ein Kind zu bekommen, beschäftigten.

Die Hormonbehandlungen und die Enttäuschungen über die missglückten Versuche, Eltern zu werden, hatten ihre Ehe auf eine harte Probe gestellt. Schließlich beschlossen sie, es sich als Paar wieder gutgehen zu lassen. Sie wollten Urlaube zusammen machen und die Zeit genießen. Essen, Trinken und endlich kein Sex mehr nach Eisprungkalender.

Alle, die ihnen gute Ratschläge gegeben hatten, sie sollten doch mal eine Pause machen und sich entspannen, sahen sich bestätigt, als sie nach fünf Monaten völlig unerwartet einfach ganz von selber schwanger wurde. Sie fühlten sich glücklich. Unendlich glücklich, beschenkt und konnten ihr Glück kaum fassen. Sie bangten die ersten drei Monate und hofften auf ihr Happy End. Tatsächlich ging die Zeit ins Land und alles war wundervoll. Sie fingen an, nach einem Namen zu suchen, nach einem Kinderbettchen. Sie machten alles, was werdende Eltern tun. Sie waren nicht darauf vorbereitet, dass der Arzt ihnen im sechsten Monat sagte, dass er leider keinen Herzschlag mehr feststellen könne. Es war eine furchtbare Zeit, aber sie trauerten gemeinsam um ihren verlorenen Familientraum. Sie hatten sich, sie liebten sich und trotz des schrecklichen Verlusts hatten sie etwas, dass sie vor der Schwangerschaft nicht gehabt hatten. Sie hatten Hoffnung. Und ihre Hoffnung sollte nicht enttäuscht werden. Nach fünf

Monaten war sie wieder schwanger. Ihr Glaube daran, dass alles gut werden könnte, schien sich endlich zu erfüllen.

Dieses Mal verlor sie das Kind im vierten Monat. Nach der sechsten Schwangerschaft, die im achten Monat mit einer Todgeburt endete, rieten ihr die Ärzte von einer weiteren Schwangerschaft ab. Es sei gesundheitlich zu gefährlich für sie. Sie fühlte sich, als wäre sie schuld. Was stimmte denn mir ihr nicht, dass sie nicht wie eine Frau funktionierte. Ihr Mann gab ihr nie die Schuld, aber das war auch nicht nötig, das tat sie bereits selber.

Sie verfiel in Depressionen und kapselte sich immer mehr ab. Wie schlecht es ihr ging, war niemandem klar. Erst als sie nach einem Selbstmordversuch in die Klinik kam, begann für sie die Zeit diesen schrecklichen Verlust aufzuarbeiten. Nach drei Monaten stationärer Therapie konnte sie wieder fühlen und einen Sinn im Leben sehen, auch ohne ein Kind.

Es vergingen zwei Jahre. Ihre Freundinnen wurden reihenweise schwanger. Sie gingen zu unzähligen Babyparties. Sie guckten in diverse Bettchen und wiegten die fremden Wunder in ihren Armen. Nach jedem dieser Besuche brauchte sie Wochen um wieder aus dem seelischen Tief zu kommen. Irgendwann fingen sie an über Adoption nachzudenken. Die ersten Gespräche bei den Beratungsstellen liefen gut. Trotzdem fühlte sie sich nach jedem Termin, als wäre sie abgestraft und abgewertet worden. Ihr Mann versuchte es mit Gesprächen, aber er merkte, dass sie ihn nicht mehr als Mitstreiter in ihrer Baby-

Geschichte sah. Sie wandte sich ab von ihm, innerlich und auch körperlich. Was dann passierte, war so klassisch wie logisch. Ihr Mann begann eine Affäre. Sie bemerkte es schnell, aber es kümmerte sie nicht. Sie war froh, den ständigen Diskussionen über ihre Launen und ihre Familienplanung entgehen zu können.

Ihr Mann begann öfter lange zu arbeiten, hatte Dienstreisen und war zu gut gelaunt für die Stimmung, die zwischen ihnen herrschte. Sie lebten in einer Art Gelegenheits-WG.

Irgendwann fuhr sie versehentlich im Kaufhaus eine Treppe zu weit nach oben und landete unversehens in der Abteilung für Baby- und Kindermoden. Sie bemerkte nicht, wie sie den Atem anhielt. Wie ferngesteuert ging sie durch die Abteilung mit den winzigen Strampler und Mützen, und streifte sie im Vorbeigehen mit den Fingern. Als sie kurz stehenblieb, stand plötzlich eine schwangere Frau neben ihr. Man sah noch nicht viel, aber sie hatte dieses besondere Strahlen, das man allen Schwangeren nachsagt. Sie lächelten sich an und dann fragte die andere Frau: „Wann ist es denn bei ihnen soweit?" Ohne nachzudenken antwortete sie: „In sechs Monaten." Die andere Frau sah lächelnd auf ihren eigenen Bauch und sagte: „Wir haben noch acht Wochen." Sie bemerkte, wie sie auf den Bauch der Frau starrte. Als das Telefon der anderen Frau klingelte, war der seltsame Moment aus fremder Nähe vorbei. Sie lächelten sich noch einmal zu und die Frau sagte im Weggehen über die Schulter: „Ich wünsche ihnen viel Glück."

„Glück" dachte sie, noch immer den kleinen Strampler in der Hand haltend. Ohne einen Plan begann sie einzukaufen. Nicht nur an diesem Tag. Sie kaufte eine komplette Babyausstattung und versteckte sie in einem Schrank im Gästezimmer, der meistens unbenutzt war. Wenn sie alleine war, saß sie oft vor dem Schrank und betrachtete die winzigen Dinge. Es war wie eine Droge. Sie fühlte sich gut nach den Momenten vor dem Schrank, aber der Rausch hielt immer kürzer an.

Es reichte nicht mehr, sie brauchte mehr. Sie brauchte ein Kind. Sie brauchte ihren Traum, ihr Kind, ihre Familie und dafür brauchte sie ihren Mann. Als sie ihn bat seine Affäre zu beenden und mit ihr zu einer Eheberatung zu gehen, weinte er. Sie liebten sich in dieser Nacht wie früher.

Die Eheberatung lief gut und brachte sie einander wieder näher, aber die Situation war fragil. Schließlich versuchten sie erneut eine Bewerbung um eine Adoption. Doch nach den ersten Gesprächen machte Ihnen die Sachbearbeiterin der Adoptionsstelle keine Hoffnung. Drei Monate stationärer Aufenthalt in einer psychischen Einrichtung seien einfach zu viel um sie als Eltern für ein Kind zu empfehlen. Sie hatten zusammen geweint, als sie wieder zu Hause waren und sich versprochen, dass sie eine Lösung finden würden. Und jetzt, keine zwei Wochen später, lag plötzlich dieses Kind neben ihr.

Wo war es nur hergekommen? War es ihr geschickt worden? Sie hörte den Schlüssel in der Tür. Ihr Mann kam von der Nachtschicht nach Hause. Er rief wie immer durch den Flur, dass er wieder zurück sei. Sie versuchte noch ihm zu signalisieren, dass er leise sein soll, aber es war zu spät. In dem Moment, als ihr Mann im Türrahmen erschien und fassungslos auf das kleine Wesen starrte, wachte es auf, sah sich um und schrie. „Du machst ihm Angst," sagte sie und nahm das Kind auf den Arm, als wäre es das Selbstverständlichste der Welt. Das Kind sah sie an und patschte mit einer Hand in ihr Gesicht. Einen Moment lang sah es aus, als gehörten sie zusammen, sie und das Kind. Aber dann verzog sich das Gesicht des kleinen Jungen wieder und er weinte bitterlich. Zwischen Tränen und Schluchzern rief er nach seiner Mama. Schließlich nahm ihr Mann ihr den Jungen ab, setzte ihn ins Bett und drückte ihm den kleinen Plüschbären in die Hand, der immer auf der Kommode stand. Der

Kleine beruhigte sich. Dann zog ihr Mann sie unsanft aus dem Zimmer auf den Flur. „Was ist das für ein Kind? Wo hast du es her?" Sie lachte unsicher. „Was meinst du damit, wo ich es herhabe? Ich bin aufgewacht und es lag neben mir. Es hat geschnarcht und ich dachte erst, dass du es bist, aber du warst ja arbeiten." Sie lachte wieder. Er nahm sie an beiden Armen und schüttelte sie. „Wir müssen die Polizei rufen." Alles in ihr schrie NEIN, aber sie nickte nur und sagte in ruhigem Ton: „Natürlich müssen wir das." Ihr Mann ging in die Küche um zu telefonieren. Sie ging ihm ruhig hinterher. Er wollte gerade wählen, da sagte sie: „Ich hoffe, die Eltern bekommen keinen Ärger. Immerhin ist das ja schon unterlassene Aufsichtspflicht, wenn so ein kleines Wesen mitten in der Nacht offenbar allein durch die Stadt läuft." „Was willst du damit sagen?" fragte er. „Wir könnten noch warten mit der Polizei. Wir steigen ins Auto und fahren herum. Hören uns um, ob es jemand sucht." Ihr Mann schüttelte den Kopf: „Du guckst zu viele Krimis." Sie schmiegte sich an ihn. „Na komm schon, das ist doch spannend." Sie lachte übertrieben „Oder wir behalten es einfach. Vielleicht ist es ja das Wunder, auf das wir immer gehofft haben." Ihr Mann stieß sie von sich. „Du bist verrückt." Im Nebenraum fing der kleine Junge wieder an zu weinen. „Tu was Du willst," sagte sie. Sie ging ins Gästezimmer zu dem Schrank und suchte einen Moment. Sie fand ein Glas Babynahrung und einen Schnuller. Ihr Mann hatte das Telefon am Ohr, als sie wieder in die Küche kam, um den Schnuller auszupacken. Er sah ihr fassungslos zu, wie sie den Schnuller auspackte, den Wasserkocher befüllte und anstellte. Sie nahm eine Schüssel aus dem Schrank, erwärmte den Inhalt des Gläschens in der Mikrowelle und kochte den Schnuller kurz ab. Dann nahm sie beides und ging zurück ins Schlafzimmer. Er hörte, wie der Junge aufhörte zu weinen und sie beruhigend mit ihm sprach. Er ging langsam durch den Flur und stand in der Schlafzimmertür. Sie sprach mit dem Kleinen und er schien sich wohlzufühlen. Er schwenkte den Teddy am Arm und aß Löffel für Löffel das Gläschen. Er sah den beiden zu und ihm wurde klar, dass er seine Frau noch nie so glücklich gesehen hatte. In diesem Moment war sie das, was sie schon immer hatte sein wollen: Eine Mutter. Er ging ins Wohnzimmer und weinte. Er konnte immer noch hören, wie sie mit dem Kind sprach. Er schaltete den Fernseher ein. Auf dem Bildschirm erschien ein Bild des kleinen Jungen, den seine Frau gerade im Schlafzimmer fütterte.

Sie sang gerade ein Lied für den Kleinen, als ihr Mann wieder in der Tür erschien. „Wo kommt dieses Kind her?" „Das Kind heißt Darian" sagte sie. „das bedeutet der Geschenkte." Er sah sie an und schüttelte mit dem Kopf. Er heißt Julius und seine Eltern hatten gestern Nacht einen Unfall. Zeugen haben gesehen, dass eine Frau das Kind aus dem verunfallten Wagen mitgenommen hat." Sie nahm den Jungen auf den Arm und drückte ihn sanft an sich. „Hast Du mir nicht zugehört? Er lag heute Morgen neben mir." Sie sah, dass er mit den Tränen kämpfte. „Ich habe gedacht, der Schrank im Gästezimmer ist ein Trost, eine Art Therapie für Dich. Wie lange nimmst Du die Tabletten schon nicht mehr?" Sie wiegte das Kind und summte leise ein Kinderlied. „Warum kannst Du nicht verstehen, dass er unser kleines Wunder ist? Er ist das Kind, das wir uns schon immer gewünscht haben." Sie hielt inne, als es an der Haustür klingelte. Sie lächelte ihn an: „Gehst Du? Das ist sicher die Post." Er lächelte, ging auf sie zu und umarmte die beiden. Er küsste erst sie und dann den Kleinen. Tränen liefen über seine Wangen, als er durch den Flur, ging um der Polizei zu öffnen.

Happy Anniversary

Sie hatten einen Tisch direkt am Fenster reserviert. Panoramablick auf die Elbe, der seinen Reiz trotz des hereinbrechenden Abends nicht verlor. Sie standen Arm in Arm und genossen schweigend die Aussicht. Sie genoss es die Wärme seines Körpers zu spüren. Sie liebte es immer noch ihn zu berühren. Sie liebten beide die gleiche Art von Berührungen, nicht nur zart, sondern gern auch fest und intensiv. Überhaupt waren sie eine Symbiose mit der keiner von ihnen gerechnet hatte. Er der erfolgreiche Schriftsteller, Schwerpunkt gestörte Serienkiller und sie, die angesehene Strafverteidigerin, Schwerpunkt Gewinn aussichtsloser Fälle. Ohne sie loszulassen wandte er sich ihr zu und hob sein Glas. Sie stießen schweigend an und tranken lächelnd einen Schluck. „Happy Anniversary, Darling", sagte er leise. Sie merkte, wie sich die Haare auf ihren Armen aufstellten. Er war definitiv der einzige Mann, den sie jemals kennengelernt hatte, bei dem es nicht albern klang, wenn er sie Darling nannte. Der Kellner räusperte sich dezent, bevor er ihnen eloquent zu verstehen gab, dass sie jetzt Platz nehmen könnten. Sie nickten dem Kellner zu und lösten sich voneinander, um sich zu ihrem Tisch führen zu lassen. Sie liebten dieses Restaurant. Es gab einen Bereich, in dem es halbrund geformte Bänke mit hoher Rückenlehne gab. Samtbezogene Sitzmöbel, die einem ein Gefühl von Intimität in einem vollen Restaurant gaben. Auch hier hatten sie einen direkten

Blick auf das Wasser und sahen vereinzelt Schiffe vorüberziehen. Er bestellte Weißwein und Wasser, nachdem sie sich gesetzt hatten, und griff dann schweigend zur Karte. „Kaviar?“, er sah sie fragend an. Sie lächelte leicht: „Warum?“ Er beugte sich vor und bevor sich ihre Lippen berührten sagten beide leise: „Weil wir es können.“

Als die Vorspeise kam, stießen sie erneut an und ließen sich in angenehmem Schweigen die delikaten Speisen schmecken.

„Noch etwas Süßes zum Dessert? Oder vielleicht eine Käseauswahl?“, der Kellner war lautlos an ihren Tisch getreten. Er lächelte sie für den Kellner nicht sichtbar anzüglich an. Sie nickte und sagte dann: „Sehr gerne. Zwei doppelte Espressi und Valrhona-Schokokugeln mit heißer

Schokolade. Einmal, mit zwei Löffeln." Der Kellner verschwand so lautlos, wie er erschienen war.

„Du weißt was ich mag," sagte er und sah ihr tief in die Augen. Sie legte den Kopf leicht schräg und strich sich eine blonde Strähne aus dem Gesicht: „Wusste ich das nicht schon immer?". „Ja," sagte er schlicht. Er senkte den Blick und griff in seine Sakkotasche. Er stellte ein kleines schwarzes Samtkästchen auf den Tisch und schob es, ohne aufzusehen, in die Mitte zwischen ihnen.

Als sie ihre Hand ausstreckte sagte er: „Alles Liebe zum 10. Jahrestag. Du bist die Liebe meines Lebens."

Ihre Blicke trafen sich in stiller Übereinkunft und beide wussten, dass sie an einen Tag vor 10 Jahren dachten.

Sie saß am Schreibtisch in ihrem Büro. Ein Loft in der Speicherstadt. Großzügig geschnitten, lichtdurchflutet, eine gelungene Mischung aus Tradition und Moderne. Ihr Telefon klingelte und an den kurzen Klingeltönen erkannte sie, dass es ihre Mitarbeiterin war. „Ja,“ sagte sie kurz. „Bitte entschuldigen sie die Störung, aber ich habe hier einen Herrn...,“ sie hielt offenbar die Sprechmuschel zu und es entstand ein kurzer Dialog, dann war sie wieder zurück im Gespräch mit ihr. „Der Herr möchte seinen Namen nicht sagen, aber sagt es sei wichtig.“ Fast hätte sie gelacht. „Silvie,“ sagte sie als würde sie mit einem kleinen Kind sprechen, „wie lange arbeiten sie schon für mich?“ Kurze Stille. „Zwei.... also fast drei Jahre,“ erwiderte die Stimme am anderen Ende der Leitung dann schüchtern. „Eben, dann wissen sie doch...." plötzlich entstand ein Tumult und sie hörte nur, wie Silvie offenbar den Hörer fallen ließ und rief: „Hey, sie können doch nicht einfach...". Aber ihre Mitarbeiterin war offenbar nicht schnell genug. Die Tür öffnete sich und es erschien ein äußerst attraktiver Mann, knappe 1,90 m schätzte sie. Und offenbar hielt er sich fit. Er sah ein bisschen aus, wie aus einer Werbung für Rasierklingen. Warum musste sie an Rasierklingen denken, als sie ihn sah. Ihre Assistentin versuchte sich wortreich zu entschuldigen und ihn aus dem Türrahmen zu drängen. Sie unterdrückte ein Lächeln und sagte: „Silvie, es ist in Ordnung. Ich komme alleine mit dem Herrn zurecht." Irritiert zog ihre Assistentin die Augenbrauen hoch, sagte aber nichts. Der Unbekannte trat einen Schritt vor und Silvie schloss die Tür.

Sie hatte ihre Haltung noch nicht verändert, seit er unangemeldet in ihr Büro eingedrungen war. Sie saß selbstsicher hinter ihrem Schreibtisch, die Beine übereinander geschlagen und sah einfach unfassbar selbstbewusst, skrupellos und erfolgsverwöhnt aus. Eine Frau, die gewohnt war zu bekommen, was sie wollte. Zu bekommen, was sie brauchte.

„Danke, dass sie sich Zeit für mich nehmen," sagte er. Sie blieb geschäftlich kühl, aber er sah den Schalk in ihren Augen aufblitzen als sie sagte: „Ich mag mich täuschen, aber ich hatte nicht den Eindruck, dass ich eine Wahl hatte." Er tat zerknirscht, aber sie merkte ihm an, dass auch er erfolgsverwöhnt war: „Der Überfall tut mir leid, aber ich brauche ihre Hilfe. Mir ist da ein Missgeschick passiert." Sie klopfte ungeduldig mit dem Bleistift auf ihre Schreibtischunterlage. „Ich glaube," sagte sie kühl, „für Missgeschicke ist mein Stundenhonorar zu hoch." Er setzte sich ohne zu fragen, ohne dass sie es angeboten hatte und sagte: „Glauben sie mir, Geld ist gerade mein geringstes Problem!"

Sie hatte in ihrer Laufbahn als Strafverteidigerin schon einiges erlebt und war sich sicher, dass sie so leicht nichts aus der Ruhe bringen konnte. Sie sah ihn an und sagte: „Sie kommen mir bekannt vor. Kenne ich sie aus dem Fernsehen?" Er lachte nervös . „Das kann schon sein, aber eher kennen sie mich vom Buchhändler ihres Vertrauens. Wobei, in letzter Zeit war

ich auch ein paar Mal im Fernsehen."
Plötzlich wusste sie, woher sie ihn kannte.
„Sie sind doch dieser Autor. Was haben sie
noch gerade für einen Preis gewonnen?" Er
hatte nicht den Eindruck, dass sie auf eine
Antwort wartete, was sich kurz darauf
bestätigte. „Ist ja auch egal, meine Zeit ist
knapp. Was führt sie zu mir." Er sah sie
lange und eindringlich an und sagte dann:
„Sie unterliegen doch der Schweigepflicht,
oder?" Ihr riss der Geduldsfaden:
„Entschuldigen sie, aber was soll das
Ganze? Sie sind Krimiautor und schreiben
Psychothriller, wenn ich mich recht
erinnere. Ich vermute, über
Schweigepflicht wissen sie beinah mehr
als ich. Können wir zum Punkt kommen."
Er lächelte süffisant, lehnte sich zurück
und sagte: „Sie gefallen mir." Sie stand
genervt auf, das Gespräch war für sie

beendet. „Ich habe für so etwas keine Zeit. Es war nett sie kennenzulernen," sagte sie in einem Ton, der keinen Zweifel daran ließ, dass sie es ganz und gar nicht nett fand. Er blickte auf zu ihr, blieb aber sitzen und ignorierte ihre ausgestreckte Hand. Stattdessen fasste er in seine Jackentasche und legte ein kleines Holzkästchen auf den Tisch. Ohne den Blick von ihm zu wenden sagte sie: „Was ist das?" Ihr Ton war immer noch genervt, aber er hatte das Gefühl, dass er ihre Aufmerksamkeit gewann. „Haben sie je ein Buch von mir gelesen?", fragte er und sie log, um ihm zu zeigen, dass sie kein Fan war: „Nein, bitte verzeihen sie, für Trivialliteratur fehlt mir die Zeit." Er lachte und sie war einen kleinen Moment verwirrt. Dann fing er sich wieder und sagte: „Sie sind eine wirklich außergewöhnliche Frau." Sie verschränkte die Arme: „Hatte ich schon erwähnt, dass meine Zeit knapp ist und der Anteil, den sie sich gestohlen haben ist jetzt vorbei. Sie finden alleine raus." Sie setzte sich wieder und blickte geschäftig auf ihren Bildschirm. Er machte keine Anstalten zu gehen. Was bildete sich der Kerl ein? Aber sie musste schon gestehen, dass sie der Inhalt des Holzkästchens reizte. Sie war eine Spielernatur, das war sie schon immer gewesen. Und sie war eine geborene Gewinnerin, aber eine Spielerin. Gleichzeitig griffen sie nach dem Holzkästchen und sie hatte das Gefühl, dass ihr ganzer Körper von dieser Berührung erfasst wurde. Er atmete tief ein und zog seine Hand zurück. Das Kästchen lag jetzt unter ihrer Hand. Sie spürte die raue Oberfläche und Neugier.

Sie sah, dass sein Körper unter Spannung stand und er fast schon mit den Zähnen knirschte. „Ich vertraue ihnen," sagte er leise und sie stellte fest, dass ihr Atem ein klein wenig schneller ging als sie fragte: „Was finde ich in dieser Kiste?" Er beugte sich vor und sagte leise: „Mein Leben. Ich vertraue ihnen mit dieser Kiste mein Leben an, weil ich ihre Hilfe brauche. Ich habe einen ganz blöden Fehler gemacht."

Sie nahm das Kästchen, öffnete es und blickte ihn erstaunt an. Ihr Körper war zum Bersten gespannt. „Das sind Zähne", sagte sie, und schluckte hart, als sie das Kästchen fragend in seine Richtung drehte. „Nein", sagte er und in seiner Stimme und seinen Augen nahm sie die Erregung wahr, die sie fälschlich vorher für Angst gehalten hatte. Ihr Körper war mittlerweile in höchster Erregung als er fortfuhr: „Das sind viel mehr als Zähne. Das hier ist mein Lebenswerk. Jeder Zahn hat seine ganz eigene Geschichte, die durch den Tod seiner Besitzer auch ein Teil meiner Geschichte geworden ist.“

Ihr Atem ging stoßweise als sie fragte: „Wie viele?“ Er zog die Augenbrauen hoch und sagte: „Das ist ihre erste Frage?“ Sie nickte statt zu antworten und er legte den Kopf schräg und beobachtete sie aufmerksam als er sagte: „17“. Wissend nickte sie mit dem Kopf und fragte: „Gibt es ein Opferschema?“ Er schüttelte immer noch verwirrt ob ihrer Fragen den Kopf: „Nein, je nach Gelegenheit, das macht es weniger auffällig.“ Sie nickte immer noch ein wenig abwesend und fragte dann: „Was kann ich tun?“ „Ich bin gesehen worden, als ich die letzte Leiche entsorgt habe.“ Sie trommelte fassungslos mit den Fingern auf der

Schreibtischplatte herum. „Sie haben sich mit der Leiche erwischen lassen?" „Teilweise." Sie zuckte nicht einmal mit der Wimper und sagte dann: „Dann hat man ja im Zweifel nichts gesehen, außer, dass sie erkannt worden sind." Er wirkte unentschlossen und sagte dann: „Es ist ernst, sonst wäre ich nicht hier." Sie verschränkte erneut ihre Arme: „Und ich soll jetzt die Kohlen für sie aus dem Feuer holen." Er nickte „Ich habe gehört, sie sind skrupellos und für den Sieg zu vielem bereit." Sie sah ihn an und beide spürten, dass es eine Verbindung zwischen ihnen gab. Das verwirrte ihn zutiefst, war er doch hierhergekommen, weil sie die Beste war in ihrem Job. „Wer ermittelt in ihrem Fall?" erkundigte sie sich. Er suchte in seiner Brieftasche nach einer Visitenkarte und gab ihr den Namen und die

Kontaktdaten des polizeilichen Ermittlers. Sie lächelte und griff zum Telefon. Er blickte sie verständnislos an. Sie ließ sich verbinden und er wunderte sich nicht, dass sie sofort durchgestellt wurde. Dann veränderte sich ihr Ton und er musste feststellen, dass sie den Ermittler offenbar kannte. Er konnte nicht verhindern, dass sich ein Schweißfilm auf seinem Körper bildete. Er wusste, dass es ein Risiko war, hier her zu kommen und die Karten auf den Tisch zu legen. Wie hatte er sich so täuschen können? Aber all seine Recherchen hatten ergeben, dass sie die richtige war für diesen Job. Sie verlor nie, hatte unkonventionelle Methoden auch Schuldige so zu vertreten, dass sie nahezu straffrei ausgingen. Aber er hatte sich offenbar geirrt. Sie würde ihn verraten. Er rieb seine feuchten Handflächen auf seinen Oberschenkeln trocken. Er sollte gehen. Er sollte gehen und später Nummer 18 aus ihr machen. Jetzt war eh schon alles egal.

Doch dann fing er an, dem Telefonat zu folgen. Gerade teilte sie dem Ermittler mit, dass sie vertrauliche Nachrichten für ihn hätte. Er schloss die Augen. Das war es also. Mehr als 15 Jahre war er mit seinen extravaganten Vorlieben durchgekommen und jetzt würde ihn diese blonde Versuchung ans Messer liefern und es war seine eigene Schuld. „Wissen sie," hörte er sie sagen, „er hat mir erzählt, dass er verdächtig des Mordes ist. Das ist doch nicht ihr Ernst? Wir beide wissen doch, dass er eine wirklich blühende Fantasie hat, aber ein Serienkiller?" Sie lachte und er war erstaunt, dass es glaubhaft klang. „Ich erzähle ihnen jetzt mal etwas, das niemand weiß, und bitte behandeln sie es vertraulich." Sie wartete eine Erwiderung ihres Gegenübers ab. „Wir sind ein Paar." Die Antwort konnte er leider nicht verstehen. „Was ich damit sagen will: Er war bei mir, als ihn der angebliche Zeuge mit einem Teil der Leiche gesehen hat" wieder lachte sie, „finden sie nicht auch, dass es klingt, als wäre es aus seinem eigenen Roman?" Wieder lauschte sie auf die Erwiderung. „Wir hatten die Vereinbarung, dass wir unser Verhältnis geheim halten. Aus rein privaten Gründen, die ich hier nicht erörtern möchte und muss." Einen Moment später sagte sie: „Natürlich. Ich komme gern vorbei und gebe meine Aussage zu Protokoll. Ich baue aber auf ihre Vertraulichkeit." Sie tauschten noch ein paar Höflichkeitsfloskeln und dann legte sie auf. Ohne ein Wort zu sagen, blickte sie ihm direkt in die Augen. „Warum?" fragte er nach einer Weile. Sie blickte ihn weiterhin an und sagte dann: „Ich verstehe dich." Er lachte, eine Mischung aus Verzweiflung, Wahnsinn und wirklichem Humor. „Du bist unglaublich." Ganz selbstverständlich waren sie zum Du übergegangen. Er wiederholte seine Frage: „Warum?". Sie zuckte ratlos mit den Schultern, öffnete die Schreibtischschublade und legte eine kleine Holzschachtel, seiner gar nicht so unähnlich, zwischen sie. Überrascht sah er sie an. Sie zog ihre Hand zurück und gab die Schachtel für ihn frei. Er öffnete sie, lachte leise in sich hinein und sah sie dann an. „Fingernägel....". Sie nickte und er sah an der leichten Röte, die ihr Gesicht überzog, die Erregung, die sie erfasst hatte. Ehrfurchtvoll sah sie auf die Schachtel und hauchte nur ein „Ja." Er schüttelte amüsiert den Kopf und fragte genau wie sie vor einer Weile: „Wie viele?". Sie schloss die Schachtel, legte ihre Hand darauf und gleichzeitig auch auf seine, bevor sie antwortete: 19. Ich habe gewonnen." Er strich mit dem Daumen über die Innenseite ihrer Hand und sagte: „Ich glaube, das hier ist der Beginn von etwas ganz Großem."

Jetzt saßen sie hier in diesem Restaurant und feierten ihren 10 Jahrestag. 10 Jahre und diverse Zähne und Fingernägel später waren sie immer noch unentdeckt geblieben. Er bestellte ihnen noch ein Glas Champagner und schob die Samtschachtel erneut zu ihr hinüber. Sie stießen an und dann öffnete sie die Schachtel. Es raubte ihr fast den Atem. Vor ihr lag ein wunderschöner Ring. Sehr schlicht mit einem eingefassten Stück, das aussah wie Elfenbein, geformt wie ein kleines Herz. Er sah sie an und sagte: „Das war mein erster und mit dir möchte ich alle bis zum letzten erleben." Sie sah ihn an und es gab keinen Zweifel, dass sie auf die Frage, die er ihr jetzt stellen würde, natürlich mit „Ja" antworten würde.

Holunderblüten-Apfel-Tee

Sie stand vor dem Spiegel und bürstete ihr Haar. Schon wieder. Sie band sich einen Pferdeschwanz und begutachtete sich von beiden Seiten. Als sie auf der rechten Seite ankam, zog sie bereits das Haarband wieder ab. Sie schüttelte ihre mittelbraunen Haare, die ihr bis über die Schultern fielen. In einem Anflug von Übermut griff sie sich mit beiden Händen in ihre Haare und wuschelte sie zu einer wilden Mähne auf, dabei bewegte sie sexy ihre Hüften zu einer Melodie, die es nur in ihrem Kopf gab. Sie sah in den Spiegel und fing an zu lachen. Dann steckte sie ihre Haare zu einem lockeren Knoten auf, wie jeden Tag. Ihre wundervolle Katze strich derweil um ihre Beine. Wilhelmine legte den Kopf schräg und Melissa sagte sanft zu ihrem Stubentiger: „Na Süße. Mach dir keine Sorgen, ich bin noch ganz normal, na ja, zumindest für meine Verhältnisse."

Es war wie an jedem Mittwoch seit fast 15 Wochen. Sie war aufgeregt und nervös, wie an jedem Mittwoch, wenn er zu ihr kam. Schon wenn es auf 15.00 Uhr zuging, merkte sie, wie ihre Ausgeglichenheit, die sie an den sechs anderen Tagen der Woche in sich trug, zu schwinden begann. Sie ging in die Küche und setzte Wasser auf. Während sie darauf wartete, dass der Kessel zu pfeifen begann, sah sie hinaus in den Garten. Es war mittlerweile fast schon Sommer. Die Sonne schien und die Natur schien förmlich zu explodieren. Im ganzen Haus roch man den Duft der Blumen und Kräuter aus ihrem Garten. Das Haus war an drei Seiten von Natur umgeben. Blumen und Kräuter wuchsen Seite an Seite und boten ihr eine reiche Auswahl an Zutaten. Zutaten, die sie regelmäßig benötigte, um ihre Kräutermischungen und Tränke zu brauen. Sie drehte sich um und lehnte sich an die Arbeitsplatte. Sie sah auf die Wand, die von oben bis unten angefüllt war mit getrockneten Kräutern, Gewürzen und allem, was sie in jahrelanger Arbeit hergestellt hatte. Es sah in ihrer Küche aus, wie man es sich bei einer modernen Kräuterhexe vorstellte. Und genau das war sie, eine Kräuterhexe. Offiziell stand auf dem Schild an ihrer Tür Heilpraktikerin, denn das war für die meisten Menschen einfach beruhigender. Die Bewohner in dem kleinen Ort hatten sich daran gewöhnt, dass es eben diese Art Menschen gab, die nicht viel für die Schulmedizin übrighatten. Menschen, die es sich zur Aufgabe gemacht hatten, für jede Art von Problemen ein kleines Kügelchen, einen Trank, ein Pulver, eine Paste oder einen Tee zu haben. Wenn man die Menschen in dem Ort fragte, kannte jeder die moderne Kräuterhexe, aber natürlich ging niemand zu ihr. Die Wahrheit war allerdings, dass Melissa gut beschäftigt war. Sie war beschäftigt mit frustrierten Frauen, die wahlweise etwas gegen ihre Falten, Müdigkeit oder Lustlosigkeit brauchten und manchmal auch gegen die Lustlosigkeit ihrer Männer. Etwas zum Schlafen, zum Abnehmen, damit die Kinder in der Schule besser wurden, damit dieser oder jener besser schlafen konnte. Melissa hatte sich daran gewöhnt, dass sie den ganzen Tag zur freien Verfügung hatte, weil all die Menschen, die sich Hilfe von ihr versprachen, sich erst im Schutze der Dunkelheit zu ihr trauten. Sie kamen spät, weil sie verhindern wollten, gesehen zu werden. Melissa musste lächeln beim Gedanken daran, wie oft sie schon einen Kunden zur Hintertür herausgelassen hatte, weil an der Vordertür bereits der nächste Kunde wartete, der auch auf gar keinen Fall gesehen werden durfte. Alle kamen sie abends, alle, bis auf einen.

Er kam an einem Mittwoch gegen 15.00 Uhr. Als es klingelte, war sie überrascht gewesen. Als er nach dem ersten Besuch wieder fuhr, sah sie an seinem Kennzeichen, dass er von weit herkam. Er war kein Bewohner aus dem Dorf und somit auch niemand, der vor dem Gerede der Leute aus dem Ort Angst hatte. Sie hatte ein paar Termine gebraucht, bis sie herausfand, warum er zu ihr kam. Bis dahin erzählte er ihr, er wäre ausgebrannt und abgespannt. Sie führte ihn in einen Raum, in dem Kerzen brannten und Räucherstäbchen einen angenehmen Duft verbreiteten. Sie bat ihn, das Hemd auszuziehen und sich auf den Rücken zu legen. Als sie zum ersten Mal das entspannende Öl auf seine Stirn goss, bemerkte sie seinen angenehmen Geruch. Er war sehr gepflegt und hatte einen schönen Körper. Seine Kleidung war hochwertig und auch sein Wagen wirkte danach, dass er vermögend war. Melissa war es egal. Sie hatte ihm ihren Preis pro Sitzung genannt und er hatte akzeptiert. Er zahlte nach jedem Besuch, wollte keine Rechnung und handelte nie. Melissa versuchte in leisen sanften Gesprächen herauszufinden, was die Blockaden in seinem Körper ausgelöst haben könnte. Er erzählte in ebenso leisem Ton von seinem Job, der ihn sehr forderte, von Mobbing und von Problemen in seiner Ehe.

Nach der dritten Sitzung sprach er nur noch über seine Frau. Er sprach sehr einfühlsam darüber, wie ihn die Ehe belastete und wie er immer häufiger versuchte, sich aus dieser Beziehung zu befreien. Melissa riet ihm zu, sich vielleicht erstmal vorübergehend von seiner Frau zu trennen. Aber er berichtete ihr von dem labilen Zustand seiner Frau. Als er zum fünften Mal zu Melissa kam, wirkte er anders, als bei den ersten vier Besuchen. Er versuchte Melissa davon zu überzeugen, dass es doch auch schön wäre, wenn sie vielleicht nur reden und einen Tee trinken würden. Sie tranken bei jedem seiner Besuche zum Abschluss Holunderblüten-Apfel-Tee. Melissa hatte ihm gesagt, dass dieser ihn entspannen und ihm sehr wohltun würde. Sie hatte nicht gelogen. Der Tee entspannte schon durch seine Wärme und die Atmosphäre, die bei Melissa im Haus herrschte, tat ihr Übriges. Aber das sagte sie ihm natürlich nicht. An jenem fünften Mittwoch, als er zu ihr kam, brauchte es viel Tee, bis er sich ihr anvertraute. Er schüttelte resigniert den Kopf, als sie ihn wiederholt fragte, ob sie nicht doch die übliche Sitzung abhalten sollten. Melissa legte den Kopf auf die Seite, während sie ihn mit sanfter Stimme fragte: „Warum nicht? Was ist ihnen geschehen?" Er atmete schwer und Melissa meinte Tränen in seinen

Augen zu sehen, bevor er den Kopf senkte. Sie legte ihre Hand auf seine und er zuckte zusammen, hob den Kopf aber nicht. Schließlich sah sie, wie kleine Tropfen das Holz ihres Küchentisches dunkel färbten. Sie nahm sein Gesicht in ihre Hände und zwang ihn sanft sie anzusehen: „Was ist geschehen?", wiederholte sie ihre Frage. Er stand auf und für einen kurzen Augenblick dachte sie, er würde einfach gehen. Aber er blieb zwei Schritte von ihr entfernt stehen. Obwohl sie nur seinen Rücken sah, konnte sie den Kampf spüren, der in ihm tobte. Schließlich atmete er zitternd ein und als er sich zu ihr umdrehte, begann er damit sein Hemd aufzuknöpfen. Außerhalb des Raumes, in dem die Sitzungen stattfanden, hatte sie ihn noch nie ohne Hemd gesehen. Es hatte etwas sehr Verletzliches und Intimes, wie er da vor ihr stand und sie nicht aus den Augen lies, während er das Hemd öffnete. Sie blickte ihm in die Augen und als sie den Schmerz in ihnen sah, wanderte ihr Blick auf den Oberkörper, den er ihr präsentierte. „Oh, mein Gott. Wer hat das getan?". Sein Oberkörper war übersät mit blauen Flecken, die in verschiedensten Schattierungen schimmerten. Sie stand auf und versuchte ihn zu berühren. Er zuckte zurück und sie murmelte: „Keine Angst." Er ließ sie gewähren und sie ging, nachdem sie die Verletzungen begutachtet hatte zu ihrem Kräuterregal. Er knöpfte sein Hemd wieder zu und setzte sich kraftlos zurück an den Küchentisch. Sie kam zurück an den Tisch, stellte ein Glas mit Salbe vor seinen gefalteten Händen ab und sagte: „Willst du mir nicht erzählen, was passiert ist?". Sie wartete einige

Minuten und als sie schon glaubte, er würde nicht antworten, fing er mit leiser Stimme an zu sprechen: „Sie hat das getan," und als Melissa ihn fragend ansah, setzte er hinzu „Meine Frau." Melissa schüttelte ungläubig den Kopf. So etwas sollte eine Frau getan haben, seine Frau! Unfassbar! „Warum?", flüsterte Melissa fassungslos. Er zuckte verlegen mit den Schultern und versuchte ein halbherziges Lächeln. Er sah aus wie ein trauriger Clown; wie der traurigste Clown, den Melissa je gesehen hatte. „Sie kann nichts dafür," murmelte er leise, „es passiert auch nur, wenn ich nicht rechtzeitig merke, dass sie in einer ihrer frustrierten oder depressiven Stimmungen ist. Und meistens ist es auch nicht so schlimm." Melissa hatte fassungslos zugehört und bereits seit einiger Zeit den Kopf geschüttelt. „Nein,“ sagte sie jetzt, „so etwas darf nicht passieren. Nie! Nicht ein einziges Mal.“ Melissa sah ihn eindringlich an: „Was macht sie mit dir?“. Er fing an sehr sachlich zu erzählen: „Meistens schlägt sie mich nur..,“ er unterbrach seine Erzählung kurz, als er hörte, wie Melissa scharf die Luft einzog. Melissa hob kurz die Hand und sagte ruhig: „Entschuldige, ich wollte dich nicht unterbrechen, aber das ist für mich alles so schwer zu verstehen.“ Er nickte und atmete schwer, bevor er weitererzählte: „Sie sorgt dafür, dass es andere nicht sehen. Sie schlägt nur an Stellen, die bedeckt werden können. Allerdings hat sie auch schon dafür gesorgt, dass ich Unfälle hatte. Sie liebt es einfach, mich zu quälen. Einmal hat sie mich in unserer Sauna eingeschlossen. Sie kam erst nach einer ewigen Zeit zurück und ich dachte, sie würde mich herauslassen, aber sie setzte sich auf einen Stuhl und beobachtete mich. Ich flehte sie an mich herauszulassen. Sie lachte nur und sagte: „Wie armselig du bist. Sieh dich nur an, ein Versager durch und durch. Das ist der passende Tod für dich. Nackt und winselnd.“ In dem Moment verstand ich, dass sie mich dort sterben lassen würde. Skrupellos. Es dauerte noch eine Ewigkeit, bis ich das Bewusstsein verlor und ich war mir sicher, dass das Letzte, was ich vor meinem Tod gesehen hatte, meine Frau wäre, wie sie mit einer von Sarkasmus lachenden Fratze darauf wartete, dass ich sterbe.“ Er holte tief Luft und fing leise an davon zu sprechen, wie sie ihn im Urlaub von einem Felsvorsprung gestoßen hatte. „Danach war sie seelenruhig zurück ins

Hotel gegangen und hatte eine Massage genossen. Als sie zurück ins Zimmer kam, rief sie sofort an der Rezeption an und fragte besorgt, ob man dort etwas über meinen Verbleib wisse. Das Hotel ließ mich dann suchen und meine Frau war das heulende und erleichterte Elend, als man mich fand. Ich war lange bewusstlos gewesen und wachte mit schrecklichen Schmerzen auf. Ich hatte einen komplizierten Beinbruch und verbrachte eine lange Zeit im Krankenhaus. Sie sorgte in der Zeit dafür, dass alle Beteiligten mit ihr Mitleid hatten, weil sie so schrecklich litt, weil ich fast gestorben war. Alle glaubten ihr. Auch als sie mich beim Rausfahren aus der Garage angeblich versehentlich angefahren hatte, glaubten ihr alle, dass es ein Unfall war. Und genau das ist auch immer ihr Trumpf gewesen.

Sie hat gesagt, niemand würde mir glauben." Melissa hatte fassungslos zugehört und nahm jetzt seine Hand fest in ihre: „Du musst dich von dieser Frau trennen." Er schüttelte den Kopf und sagte leise aber bestimmt: „Das geht nicht." Melissa sah ihn verständnislos an. „Mir steht bei einer Scheidung die Hälfte ihres Vermögens zu." „Aber", setzte Melissa an. Er unterbrach sie „Aber ich brauche es ja nicht anzunehmen. Ich weiß, ich weiß. Sie hat gesagt, wenn ich sie verließe, würde ich es bereuen und das meint sie sehr ernst. Sie kennt Leute, weißt du." Melissa sah ihn verständnislos an: „Was meinst du mit „Leute"? „Melissa, meine Frau geht im wahrsten Sinne über Leichen." Eine Weile saßen sie schweigend da. Dann sagte er schließlich: „Melissa ich weiß nicht, wie ich es sagen soll. Ich schäme mich, dich darum zu bitten, aber kannst du mir nicht helfen?" „Du meinst", Melissa scheute sich davor, es auszusprechen. „Kannst Du mir nicht etwas geben, was ich ihr in ihren Tee tun kann. Irgendetwas, das langsam tötet und möglichst ohne nachweisbar zu sein." Er war immer schneller und aufgeregter geworden beim Sprechen. Melissa stand auf und sagte ihm, sie würde darüber nachdenken, aber jetzt solle er gehen. Melissa stand noch am Fenster und sah ihm nach, als er lange verschwunden war. Sie fing an Bücher zu wälzen, aber sie konnte sich nicht recht konzentrieren. Sie war überzeugt davon, dass es ihre Mission war Menschen, zu helfen, aber doch nicht so. Andererseits war er in einer Notlage. Melissa ging ins Nebenzimmer und tat etwas, das sie sehr selten tat: Sie fuhr ihren uralt-Laptop hoch und ging ins Netz.

Die nächsten Wochen sah sie ihn nicht. Aber sie war sich sicher, dass er wiederkommen würde und dann war es soweit. Eines sonnigen nachmittags stand er wieder vor ihrer Tür. Sie tranken Tee, sahen sich an und redeten wenig. Einige Male versuchte er in Erfahrung zu bringen, ob sie schon etwas gebraut hatte. Doch sie hob jedes Mal abwehrend die Hand und sagte: „Ich brauche noch Zeit.“

Melissa sah aufgeregt in den Spiegel. Heute war der Tag, an dem sie es ihm sagen würde. Er klopfte an der Tür und sie öffnete ihm strahlend. Er sah blass aus, irgendwie elend und atmete schwer. Ohne eine Begrüßung setzte er sich an den Küchentisch, lockerte seine Krawatte und wischte sich mit dem Handrücken über die Stirn. Er schwitzte. Melissa goss ihm einen Tee ein und er trank dankbar und durstig. Er fing kurzatmig an zu erzählen, dass es ihm in den letzten Wochen immer schlechter ginge, dass er glaubte, das alles wären psychische Symptome und es läge sicher an dem Stress, den ihm seine Frau mit ihrer Tyrannei aussetze. Melissa tätschelte kurz seine mit kaltem Schweiß überzogene Hand und er trank wie ein Verdurstender weiter aus dem großen Becher. Schließlich rutschte er langsam vom Stuhl und lag auf dem Boden. Melissa zeigte keinerlei Reaktion. „Melissa, so hilf mir doch. Ich weiß gar nicht, was mit mir los ist. Ich fühle mich.... ich.... ich .... bekomme keine Luft mehr.“ Ohne sich von ihm abzuwenden, rief Melissa in Richtung Nebenraum: „Es ist soweit. Du kannst reinkommen." Das Letzte, was er lebend sah, war seine Frau, die lächelnd auf Melissa zuging und sich vertraut bei ihr unterhakte.

Als er seinen letzten Atemzug getan hatte, legte Melissa den Kopf schief und sagte: "Nimm du die Beine, ich geh an die Kopfseite." Sie versenkten ihn im Moor hinter Melissas Haus und als sie wieder zusammen in der Küche saßen, da sah die Frau sie an und sagte sanft: „Ich danke dir. Ich danke dir von Herzen für alles. Jetzt dauert es nicht mehr lange und ich kann endlich wieder leben. Ein Leben ohne Angst. Ich kann es mir noch gar nicht vorstellen." Sie schlug die Hände vor das Gesicht und weinte leise.

Melissa sah in ihren Teebecher und dachte an den Tag vor ein paar Wochen zurück, als er sie zum ersten Mal gebeten hatte, ihm beim Mord an seiner Frau zu helfen. Der Tag, an dem er ihr ein wenig zu freudig erregt gewirkt hatte, bei seiner Bitte, ihm etwas zu brauen, das langsam tötet und nicht nachgewiesen werden kann. Sie hatte daraufhin recherchiert; lange und gründlich. Sie hatte, ganz entgegen ihrer Gewohnheiten, ihr Heim für ein paar Tage verlassen und herausgefunden, wo er wohnte. Sie sah ihn selbstsicher das Haus betreten und verlassen. Seine Frau sah sie nie. Sie hörte sie nur weinen und ihn brüllen; beinahe jeden Tag. Eines Tages war sie ihr gefolgt, als sie das Haus verließ. Im Café hatte sie sich wie zufällig an ihren Tisch gesetzt. Sie hatten sich kurz zugenickt und es dauerte eine Weile, bis sie ins Gespräch kamen. Von da an trafen sie sich fast täglich. Sie wurden immer vertrauter miteinander und es war nicht zu übersehen, dass seine Frau überdurchschnittlich oft eine Sonnenbrille trug, obwohl es wegen des Wetters nicht nötig gewesen wäre. Schließlich war der Moment gekommen, wo sie sich Melissa anvertraute. Sie erzählte ihr von der seit Jahren andauernden psychischen und körperlichen Gewalt. Sie fand heraus, dass er einer Scheidung nie zugestimmt hätte, weil er dann mittellos auf der Straße sitzen würde. Die Firma gehöre ihrer Familie, die von ihm als potentiellem Erben nicht begeistert sei. Er führe sich schon jetzt wie der Chef auf. Erfolglos hätten sie versucht, ihn aus dieser Beziehung rauszukaufen, aber ihm ginge es nicht um Geld, zumindest nicht nur.

Ihm ging es um Macht, um Einfluss und darum, dass er irgendwann an der Spitze des riesigen Familienimperiums sitzen würde. Er hätte ihr sogar schon angeboten, sie bei ihrem Selbstmord zu unterstützen, falls ihr der Druck in ihrem Leben zu groß würde. Sie wusste, dass es ihm ernst war und das führte dazu, dass sie nicht mehr schlief, zumindest nicht nachts, wenn er im Haus war. Melissa hatte sich alles in Ruhe angehört und verschiedene Details aus ihrer Geschichte überprüft, genauso wie sie es auch mit seiner Geschichte gemacht hatte. Die Frau sagte die Wahrheit. Es wurde für Melissa immer schwerer, seine Besuche und seine wehklagenden Geschichten über seine Frau zu ertragen, jetzt, da sie die Wahrheit kannte. Und irgendwann fasste sie einen Entschluss. Die Frau hatte sie fassungslos angesehen, als sie ihr die ganze Geschichte erzählte. Sie versuchte zu fliehen, aber Melissa konnte sie davon überzeugen, ihr bis zum Schluss zuzuhören. In ihrem Gesicht wechselten sich Entsetzen, Überraschung und auch Erleichterung ab. Sie hätte nie damit gerechnet, dass es einen Weg geben könnte, sich von ihm zu befreien. Aber Melissa hatte Mittel und Wege und sie hatte den Entschluss gefasst, dieser Frau zu helfen. Sie hatten sich zusammengetan, um ihn zu schlagen... mit seinen eigenen Waffen und es war ihnen gelungen.

Ich werde dich nie vergessen

Schwer spürte sie sein Gewicht auf sich. Sie liebte diese Momente, in denen er auf ihr lag. Sie fühlte sich so geborgen. Sie streichelte seinen Kopf und schob ihn langsam und vorsichtig von sich herunter. Nachdem sie aus dem Bett geschlüpft war, deckte sie ihn zu. Sie ging in den Flur und nahm das Telefon. Als sie sich selber im Flurspiegel sah, ließ sie das Telefon sinken. Dieser Tag war so anders geendet, als sie es gedacht hatte.

Es war sein Geburtstag gewesen. Sie hatte sich einen wunderschönen Überraschungsausflug für sie beide ausgedacht. Sie wusste, dass auch er eine

Überraschung für sie vorbereitet hatte. Sie hatte durch Zufall das kleine Schmuckkästchen in seiner Tasche gefunden. Es hatte ihr fast den Atem geraubt, als sie darin einen wundervollen Ring fand. Ein schlichter Goldring, wunderschön, mit einem kleinen Brillanten. Er hatte ihn gravieren lassen: „Für meine einzige Liebe" stand darin. Ihr waren die Tränen in die Augen gestiegen. Er hatte ihr noch nie gesagt, dass er sie liebte. Es wäre ihr auch irgendwie unpassend vorgekommen, denn sie führten eine, wie nannte man das heute, eine offene Beziehung. Sie waren ehrlich zueinander gewesen. Sie war immer monogam gewesen und auch in dieser Beziehung war er immer der einzige Mann gewesen. Er hatte ihr von Anfang an gesagt, dass diese Art von Exklusivität nicht so sein Ding sei. Und für sie war es okay. Nicht einfach, aber okay. Und er war deutlich mehr „bei" ihr, als viele andere Männer, mit denen sie im klassischen Sinne eine Beziehung geführt hatte. Er war von Anfang an anders; sie hatten wundervolle Tage, Abende und Nächte miteinander. Sie sprachen nicht von Liebe, aber sie war sich sicher, dass ihre Beziehung sich nach und nach veränderte. Er belog sie nie und so wusste sie, dass die Frauen, die er neben ihr hatte, immer weniger wurden. Und sie stellte keine Fragen. Sie nahm ihn auch irgendwie als „Übungsobjekt", denn sie hatte in Beziehungen immer das Gefühl ein großes Programm bieten zu müssen, weil sie selber nicht genügte. Das tat sie bei ihm nicht, denn, dass sie nicht genügte, war ja schon Basis ihrer

Beziehung. Und sie lernte im Laufe der Zeit, dass das nichts mit ihr zu tun hatte, sondern mit ihm. Sie wusste nicht genau, ob er so viele schlechte Erfahrungen gemacht hatte oder was sonst der Grund dafür war, dass er sich nicht auf eine Beziehung einlassen konnte oder wollte, aber sie machte sich auch keine Gedanken darum. Sie fing an zu verstehen, dass auch sie die gleiche „Macht" hatte wie er. Sie musste nicht bleiben, wenn es ihr zu sehr wehtat und so blieb sie. Sie verliebte sich in ihn. Gut, das war nicht geplant, aber es machte sie glücklich.

Dann begann die Zeit, in der sich alles veränderte. Sie verbrachten mehr Zeit miteinander. Sie fragte ihn nicht, aber die Zeit, die sie zusammen verbrachten, lies eigentlich nur den Schluss zu, dass es nur noch eine Frau in seinem Leben gab, nämlich sie. Sie genoss diesen Zustand. Und dann fand sie den Ring und es war klar: Der Moment, den sie nie erwartet hatte, stand unmittelbar bevor.

Sie hatte für diesen Tag alles vorbereitet: Frisör, Waxing, neue Unterwäsche, Maniküre, Pediküre... das volle Programm. Sie buk ihm sogar einen Kuchen, den sie samt Kerzen, Messer zum Anschneiden, Gabeln und Tellern unter dem Bett deponierte. Er rechnete mit Sicherheit nicht damit und so würden sie dann im Bett auf seinen Geburtstag anstoßen und den Geburtstagskuchen essen. Vor oder nach dem Antrag; das war ihr völlig egal. Aber sie wusste jetzt, dass er sie fragen würde und das verlieh ihr Flügel.

Er holte sie morgens um 9.00 Uhr ab und sie fuhren ans Meer. Sie verbrachten den Tag lachend, schweigend, redend, lesend und schmusend im Strandkorb. Er war so entspannt und sie liebte ihn umso mehr, wenn er so unbeschwert war. Mehrfach schloss sie für einen langen Moment die Augen, sog den Duft dieses Tages in sich ein; speicherte das Gefühl der Wärme auf ihrer Haut und die Geräusche des Meeres und der Möwen. Zusätzlich wusste sie, dass der Mann, den sie liebte, ihr am Abend einen Antrag machen würde. Wer hätte das gedacht. Er wirkte manchmal ein bisschen abwesend und sie konnte es sich nicht verkneifen die typische

Frauenfrage: „Woran denkst du gerade?“ zu stellen und er hatte nur geantwortet: „Ich bin gerade total entspannt.“ Sie hatte gelächelt und sie hatten sich lange tief in die Augen gesehen. Die Schmetterlinge überschlugen sich und fast dachte sie, dass er ihr jetzt sagen würde, dass er sie liebte. Aber der Moment ging vorbei und er sagte nichts. Aber sie verstand das. Er hätte sich ja seine Überraschung selber kaputt gemacht. Sie freute sich schon darauf, wenn sie beide auf ihrer Hochzeit diese Geschichte erzählen würden. Dass er diesen Antrag von langer Hand geplant hatte und sie es schon vorher herausgefunden hatte.

Als sie nach Hause kamen spürte sie, wie sich seine Küsse veränderten und diese sie unweigerlich ins Schlafzimmer führen würden. Sie liebten sich leidenschaftlich und sie versuchte sich jeden Moment einzuprägen. All die Jahre, in denen sie so viele schmerzliche Erfahrungen hatte machen müssen würden nach diesem Abend vergessen sein. Er würde sie wieder zu der Frau machen, die sie vor langer Zeit einmal war. Eine liebevolle, gefühlvolle Frau, mit einem großen Herzen, großen Gefühlen und unendlicher Loyalität und Treue, was den Mann an ihrer Seite anging.

Nachdem sie sich geliebt hatten, lagen sie eine Weile schweigend und atemlos nebeneinander. Dann war es einen Moment still und schließlich sagte er: „Mein Engel, ich muss mit dir reden." Sie war auf diesen Moment vorbereitet und trotzdem merkte sie, wie ihr heiß und kalt wurde, jetzt war es tatsächlich soweit. Er nahm ihre Hand und sie flüsterte leise: „Nein, komm her, leg Dich zu mir." Sie zog ihn auf sich, weil sie sich so Geborgen fühlte. Er strich über ihr Gesicht und sie merkte, wie er tief einatmete, sie meinte Tränen in seinen Augen zu sehen und dann fing er an zu sprechen. Er sagte ihr, dass er lange darüber nachgedacht hätte, wie er es ihr sagen sollte, aber es gäbe dafür einfach nicht den passenden Zeitpunkt. Sie lächelte, streichelte sein Gesicht und sagte ihm leise und zärtlich, dass sie den Moment schon ziemlich perfekt fand. Er nickte wortlos und senkte den Blick, sie spürte, wie er einatmete und sich neben sie legen wollte, aber sie hielt ihn davon ab und so nahm er ihr Gesicht in beide Hände und sagte: „Es tut mir so leid, aber ich habe mich in eine andere

Frau verliebt. Ich werde sie heiraten, sie bekommt ein Kind von mir." Es war totenstill, bis die Worte in ihrem Bewusstsein angekommen waren. Die Laute, die aus ihrer Kehle drangen, waren nicht menschlich. Sie versuchte sich von ihm zu befreien, aber er hielt sie fest und versuchte sie zu beruhigen. Sie ruderte mit den Armen, versuchte sich von dem Gewicht seines Körpers zu befreien und während sie nach allem Griff, woran sie sich vielleicht festhalten und so unter ihm befreien konnte, griff sie in den Geburtstagskuchen und dann hielt sie das Messer in der Hand. Alles ging so schnell. Als das Messer sich zum ersten Mal in seinen Hals bohrte, weiteten sich seine Augen vor Erstaunen. Auch sie war überrascht. Sie hatte nicht darüber nachgedacht, was sie tat. Sie wollte nur, dass er weg ging von ihr. Einfach nur weg. Sie fühlte sich schmutzig, benutzt und so verletzt und nackt wie noch nie in ihrem Leben und sie wusste, es würde nie anders werden, weil alle Männer gleich waren. Alle. Es gab keine Ausnahmen. Dieser Gedanke verlieh ihr die Kraft das Messer in seinen Hals und seinen Körper zu rammen, bis er aufhörte sich zu bewegen. Dann war alles still. Sie ließ das Messer fallen und fing an zu weinen. Warum? Warum hatte er das getan? Warum war sie nie diejenige, die geliebt wurde? Sie hatte ihn so sehr geliebt. Schwer spürte sie sein Gewicht auf sich.

Sie liebte diese Momente, in denen er auf ihr lag. Sie fühlte sich so geborgen. Sie streichelte seinen Kopf und schob ihn langsam und vorsichtig von sich herunter. Nachdem sie aus dem Bett geschlüpft war, deckte sie ihn zu. Sie ging in den Flur und nahm das Telefon. Als sie sich selber im Flurspiegel sah, ließ sie das Telefon sinken. Sie war voll Blut, vielleicht sollte sie erstmal duschen gehen. Sie legte das Telefon weg und ging ins Bad. Auf dem Weg dorthin kam sie am Schlafzimmer vorbei. Als sie ihn dort liegen sah, lächelte sie und küsste ihn noch einmal, wie sie es immer so gerne getan hatte, auf den Hals. Sie sog seinen Duft ein und roch nicht das Blut, sondern wie er gerochen hatte in all der Zeit, die sie zusammen verbracht hatten. Sie rollte sich neben ihm zusammen und weinte. Sie weinte, bis keine Tränen mehr da waren. Dann ging sie ins Bad und duschte all das Blut ab, sein Blut. Sie frisierte sich sorgfältig, schminkte sich und legte etwas Parfüm auf. Dabei achtete sie sorgfältig darauf, auch die Stelle an ihrem Hals mit Parfüm zu benetzen, die er so gerne mochte. Wieder stiegen ihr die Tränen in die Augen, als sie zurück ins Schlafzimmer ging. Sie packte einen kleinen Koffer und dann rief sie die Polizei. Sie öffnete die Haustür, nahm ihren kleinen Koffer und stellte ihn neben einen Stuhl am Fenster. Sie setzte sich darauf und wartete. Während sie wartete schaute sie in den blauen Himmel, sie schloss die Augen und hörte das Meer und die Möwen. Noch vor sechs Stunden war sie der glücklichste Mensch auf der Welt gewesen, weil sie wusste, dass er sie liebte. Jetzt waren sie beide gestorben und sie wusste, dass er auch dieses Mal wieder den leichteren Weg beschritten hatte.

Schöne Aussicht

Sie lächelte und zog den Kragen ihrer Jacke hoch. Die Aussicht von hier war ebenso unglaublich wie die Stille hier oben. Die Fenster der gegenüberliegenden Häuser waren dunkel. Der Strom war schon vor Wochen abgeschaltet worden. Aber die Stadt war trotzdem hell. Überall brannten Feuer. Von hier oben hörte man die Protestschreie nur noch ganz schwach, wenn der Wind ungünstig stand. Es hatte etwas Surreales. Die Elbe, die sie im Feuerschein unter sich sah, wirkte irgendwie beruhigend. Die Signalhörner der Schiffe tönten vom Hafen herüber. Es war wie ein geheimes Zeichen. Ganz bewusst atmete sie tief ein. Es war merkwürdig, sie fühlte sich ganz ruhig. In ihrem Inneren breitete sich eine

Geborgenheit aus, die sie schon seit Jahren nicht mehr gefühlt hatte. Eine Geborgenheit, die sie eigentlich nie in ihrem Leben gefühlt hatte. Es hatte einige Männer in ihrem Leben gegeben. Sie hatten die Leere in ihrem Inneren nicht füllen können. Und sie selber hatte sie auch lange nicht füllen können.

Irgendwann begannen die Demonstrationen in der Innenstadt. Anfangs waren es nur wenige, die sich vor dem Rathaus versammelten. Aber auch diese wenigen Menschen waren mittlerweile so voller Wut, dass ihre Sprechgesänge sie auf merkwürdige Art berührt hatten, wenn sie vom Büro zur Bahn ging. Das Büro. Sie sah wieder hinüber zu den Häusern, die sie aus dunklen Augen anzustarren schienen. Die Fahnen auf dem Dach wehten unbeirrt, aber das Gebäude war längst verlassen.

Während der Sperrstunde traute sich eh kaum noch jemand nach draußen. Sie hatte sich heute schon weit vor der Sperrstunde auf den Weg gemacht. Ungeachtet der Zerstörung, die schon überall wütete, hatte sie auf ihrem Weg hierher die beeindruckende Atmosphäre der alten Speicherstadt und der mystischen Blicke über die Fleete genossen. Das hier war immer ihre Stadt gewesen. Sie hatte nie woanders gewohnt. Sie hatte auch nie woanders wohnen wollen. Auch wenn die Fassade ihrer einstigen Perle langsam bröckelte, ihren

Charme würde die Hansestadt nie ganz verlieren. Sie lächelte ein wenig wehmütig.

Hier war es auch gewesen, wo sie ihn kennengelernt hatte. Sie saß auf der Treppe neben der Elbphilharmonie und sah über die Elbe. Sein Schatten fiel über sie und er fragte mit dunkler Stimme: „Ist hier noch frei?" Sie hatte versucht, ihre Augen mit der Hand gegen die Sonne abzuschirmen und nach oben geblinzelt. Mit einem traurigen Lächeln hatte sie gesagt: „Das ist ein freies Land mit freien Bürgern." Es war so ein gerne von ihr verwendeter Standardsatz. Und er sah sie nicht unfreundlich aber ernst an und sagte während er sich setzte: „Ist das so?" Sie hatte nicht vorgehabt darauf zu antworten, aber er sah sie unverwandt an.

„Bitte?", fragte sie verwirrt und er wiederholte: „Ist das so? Ist das hier ein freies Land mit freien Bürgern?" Sie sah ihn an und dachte, dass sie momentan so gar keine Lust hatte von jemandem angemacht zu werden. Sie war nach dem Büro gleich hierher gegangen. Es war einer ihrer Lieblingsplätze. Es tröstete sie, von hier auf die Elbe und irgendwie in die weite Welt hinaus zu sehen. Ihr Chef hatte ihnen heute gesagt, dass das Büro geschlossen würde. Durch den Bankencrash war die Firma in eine Schieflage geraten und die anhaltenden Unruhen führten dazu, dass sich die Infrastruktur auch in absehbarer Zeit nicht erholen würde. Der Mann neben ihr sah sie weiter unverwandt an. Sie wandte sich ab und sah über die Elbe, als sie sagte: „Ja, vermutlich ist das so. Vielleicht auch nicht. Bitte entschuldigen sie, aber ich habe wirklich keine große Lust auf einen Smalltalk." Sie spürte, wie er sie von der Seite her weiter ansah und atmete tief durch. Dann sagte er leise aber mit fester Stimme: „Ich habe auch kein Interesse an einem Smalltalk. Aber ich bin hier und ich kann zuhören. Sogar sehr gut." Sie hatte ihn nicht noch einmal angesehen und einfach angefangen zu erzählen. Und irgendwann, während sie sprach, waren ihr Tränen über ihr Gesicht gelaufen, ohne, dass sie es bemerkt hatte. Sie hatte ihm alles erzählt. Ihre ganze Verzweiflung. Keines ihrer Ziele hatte sich erfüllen lassen, obwohl sie so hart dafür gekämpft hatte. Und jetzt hatte sie ihre letzte Basis verloren; ihren Job. Und der Mann neben ihr hatte Wort gehalten. Er hatte zugehört und nichts gesagt. Er hatte sie nicht versucht zu trösten. Er berührte sie nicht. Er hatte schlicht gesagt: „Ich teile deinen Schmerz." Und sie hatte bitter gelacht und ihre Tränen getrocknet. Er hatte sich nicht beirren lassen und gesagt, er würde noch mehr Menschen kennen, die ein ähnliches Schicksal teilten. „Sind sie Therapeut?", fragte sie mit einem scheuen Lächeln. Sie hasste Therapeuten. Und er hatte zurückgelächelt und gesagt: „So ähnlich." Er hatte ihr erzählt, dass sie sich nicht weit von hier trafen. Er und die Menschen mit dem ähnlichen Schicksal wie sie. Sie konnte es nicht erklären, aber sie vertraute ihm. Es gab keinen Grund dafür; sie kannte ihn nicht, aber sie vertraute ihm.

So ging sie mit ihm, weil zu Hause eh niemand auf sie wartete und lernte die

Menschen kennen, die ein ähnliches Schicksal teilten wie sie. Während der ersten Treffen hatte sie nicht verstanden, worum es ging. Sie traute sich auch nicht zu fragen. Sie hatte Angst, die anderen würden sie für dumm halten. Und sie war sich schon so oft dumm vorgekommen in ihrem Leben. Und so lauschte sie den Gesprächen während der Treffen. Die Menschen faszinierten sie. Sie waren so entschlossen und hoffnungsfroh, denn sie hatten ein gemeinsames Ziel. Sie wollten ein Zeichen setzen. Sie verstand lange nicht, was das gemeinsame Zeichen war, das sie setzen wollten, sie wusste nur, sie wollte dazugehören. Dazugehören. Sie hatte schon immer dazugehören wollen. Zu irgendwas. Zu ihrer Familie. Zu ihren Freunden. Zu ihren jeweiligen Männern. Aber sie war allein gewesen. Einsam und allein. Bis sie diesen mysteriösen Mann und die Menschen an seiner Seite kennengelernt hatte. Sie hatte sich so gut aufgehoben gefühlt. Und dann hatten sie das erste Mal vor der Elbphilharmonie gestanden. Diesem niemals vollendeten Bau, der langsam zerfiel. Jeder hatte ein Los gezogen, um seinen Standort zu erhalten. Der Mann hatte alles sorgsam in einen Plan und eine Liste eingetragen. Sie hatte einen der schönsten Plätze gezogen, wie er ihr versicherte. Und sie hatte sich als privilegiert gefühlt. In ihrem ganzen Leben hatte sie noch nie einen schönen Platz bekommen.

Als er ihnen den Termin nannte, war sie überrascht gewesen. Überrascht, weil der Termin sehr zeitnah lag. Überrascht, weil sie keine Angst empfand. Überrascht, weil sie eine nie geahnte Leichtigkeit empfand. Sie empfand das Leben plötzlich als leicht. Sie lachte viel und war so gelöst. Ihre Familie war glücklich sie so entspannt zu sehen. Und sie freute sich einfach an ihrem Leben, das ihr plötzlich so unglaublich unbeschwert vorkam. Und so hatte sie sich heute auch auf den Weg gemacht zu ihrem besonders schönen Platz. Unbeschwert, ruhig, leicht und glücklich. Es war merkwürdig gewesen so frei von Ballast zu gehen. Sie hatte die Haustür hinter sich zugezogen ohne abzuschließen. Ihre Schlüssel, das Handy und die Handtasche hatte sie eh zu Hause gelassen. Sie hatte geduscht, sich sorgfältig geschminkt und ein wunderschönes Kleid angezogen, das sie sich extra für den heutigen Tag gekauft hatte. Ihre Haare fielen ihr glatt und schwer bis zur Mitte des Rückens. Sie sah wunderschön aus. So stand sie nun mit den vielen anderen Menschen verteilt im ganzen Gebäude. Sie sah sich kurz um und sog das Bild in sich auf. Allein auf ihrer Etage standen dreißig Menschen und blickten so wie sie auf das zerstörte und auf morbide Weise schöne Bild, dass Hamburg nach Monaten der Straßenkämpfe bot.

Als sie die ersten Schläge des Michels hörten, ging ein Raunen durch die Menschen und gespannte Vorfreude machte sich breit. Sie trat an den Rand der Betonplattform, sah noch einmal auf die brennende Stadt, bevor sie die Augen schloss und zusammen mit all den

Menschen, die ein ähnliches Schicksal wie sie teilten, zum elften Schlag der Turmuhr einen Schritt nach vorne machte. Gemeinsam fielen sie lautlos in dieser dunklen, trostlosen Novembernacht in der Hoffnung darauf, dass sie im nächsten Leben ohne all ihren Ballast ankommen würden.

Unentschlossen

Sie stand in der Küche am Fenster und starrte auf ihren mit Butter beschmierten Toast. Nutella oder Marmelade? Sie blickte aus dem Fenster. Draußen war ein herrlicher Frühlingstag. Sie sah auf den Drei-Monatskalender, der neben ihr an der Wand hing. Jeder Tag in den letzten drei Monaten war versehen mit Strichen und Notizen. Sie atmete tief ein und mit einem genervten Seufzer wieder aus. Jeder Tag war eine neue Herausforderung. An vielen Tagen verließ sie das Haus nicht, weil sie es nicht schaffte alle Entscheidungen zu treffen. Welches Kleid? Welche Schuhe? Baden oder lieber Duschen? Rührei zum Frühstück? Oder lieber Obst? Jede Entscheidung brachte sie an den Rand eines Nervenzusammenbruchs. Früher war es nie ein Problem gewesen sich zu entscheiden. Erst seit ihr Mann nicht mehr da war. Sie hatte viele Stunden mit verschiedenen Therapeuten darüber geredet. Alle bestätigten ihr, dass es eine Frage der Zeit sei, bis diese Entscheidungsarmut wieder nachlassen würde. Später, wenn sie die Phasen der Trauer alle durchlebt hatte. Phasen der Trauer. Wie viele Phasen hat die Trauer und wie lange dauern diese jeweiligen Phasen. Sie wusste es immer noch nicht. Ihr „Bär" hätte es gewusst. Bestimmt. Er hatte für alles eine Lösung parat. Bertram, den alle immer nur „Bär" nannten, weil er so groß und gemütlich war. Ein herzensguter Mensch. Für alle ein offenes Ohr, für alle da, wenn sie ihn brauchten.

Jeder hatte ihn gemocht, jeder holte sich Rat von ihm für alle Lebenslagen. Er war der erste Mann in ihrem Leben gewesen, der alle ihre Facetten kannte und der alle liebte. Wenn sie sich sexy fühlte, küsste er ihren Hals und sagte ihr mit rauer Stimme, dass sie die schönste Frau der Welt sei. Wenn sie müde und erschöpft war, legte er sich zu ihr und streichelte ihren Rücken bis sie einschlief. Er stritt mit ihr, wenn sie Reibung brauchte und er motivierte sie, wenn sie antriebslos war. Und wenn sie sich verunsichert fühlte und hilflos wie ein Kind, kochte er ihr Tee und sah sich einen Film mit ihr an. Was auch immer sie brauchte, er wusste es schon, bevor sie es wusste. Es verging kein Tag, an dem sie sich nicht gesagt hatten, wie sehr sie sich liebten. Ein anderer Mann hätte sie vielleicht als launisch empfunden, als anstrengend. Er lachte nur darüber; für ihn war sie die Abenteuerreise und nicht der Pauschalurlaub. Sie hätten so gerne Kinder gehabt, aber es war ihnen nicht bestimmt gewesen. Darüber waren sie gemeinsam traurig gewesen und sie hatten gemeinsam mit der Trauer abgeschlossen. Sie waren sich auch zu zweit genug. Sie entdeckten immer wieder neue Seiten aneinander. Sie verloren sich nie aus den Augen, auch wenn einer von ihnen vielleicht mal etwas schneller in seinem Leben vorwärts ging. Sie waren füreinander bestimmt. Sie hatten Freunde, waren beliebt und viel unterwegs. Er stieg die Karriereleiter schnell nach oben und auch als Chef und Kollege war er beliebt. Er war perfekt gewesen. Sie waren zusammen perfekt gewesen. Dann fing alles an sich zu verändern. Sie merkte es sofort. Sie waren wie zwei perfekt aufeinander eingestellte Sender- und Empfängerstationen. Sie bemerkte die Störgeräusche zwischen ihnen sofort. Sie versuchte zu ihm durchzudringen und als sie merkte, dass es ihr nicht gelang, verfiel sie in Panik. Sie sah hilflos zu, wie dieser große, starke, wunderbare Mann immer mehr in sich zusammenfiel. Er wurde zu einem Schatten seiner selbst. Er sprach nicht wirklich mit ihr darüber und sie war verletzt deshalb. Sie lachte bitter in sich hinein, als sie merkte, dass die Tränen auf ihren immer noch nicht fertiggeschmierten Toast fielen. Sie nahm sich nicht die Zeit die Tränen wegzuwischen. Sie ging aus der Küche durch den Flur und nahm im Vorbeigehen die Taschenlampe vom Schuhschrank. Als sie die Kellertür öffnete, atmete sie tief ein. Sie wusste, was sie erwartete und trotzdem erfüllte es sie mit einer seltsamen Mischung aus Vorfreude und Ekel, als sie die zweite Kellertür öffnete. Im Keller roch es nach Feuchtigkeit, Schimmel, Exkrementen und Tod, aber sie hörte an seinem schnarrenden Atem, dass er noch nicht tot war. Sie sagte kein Wort. Es war wie ein Ritual, das sie jetzt schon seit drei Monaten zelebrierte. Anfangs hatte er sie noch mit Argumenten versucht umzustimmen, dann begann er sie zu beschimpfen, wenn sie in den Keller kam. Danach kam die Phase des Flehens und schließlich fing er an zu verstehen, dass er nicht überleben würde. Er würde sterben. Er würde sterben, wenn sie es wollte und noch wollte sie es nicht. Das Ritual begann. Sie schaltete die Taschenlampe an und hielt den Lichtkegel direkt in sein Gesicht. Ohne die Lampe war der Keller dunkel, aber sie wusste genau, wohin sie mit dem Lichtstrahl zielen musste. Der Hass, den sie für ihn empfand, war so stark, dass sie seine, wenn auch schwache, Lebensenergie spüren konnte. Am Anfang hatte er aufgeschrien, wenn sie mit der Lampe direkt in seine Augen leuchtete, aber das war lange vorbei. Ihm fehlte die Kraft. Manchmal hätte sie gerne mit ihm gesprochen. Sie hätte ihm gerne Hoffnung gemacht, nur um sie dann sofort wieder zu zerstören.

Sie hatte das alles nicht geplant. Es war irgendwie außer Kontrolle geraten, weil sie sich nicht entscheiden konnte. Und auch heute konnte sie sich nicht entscheiden. Sie schaltete die Lampe aus und es war wieder schwarz wie ein Grab. Nur sein schnarrender Atem war von Zeit zu Zeit zu hören. Sie schloss die Kellertür wieder hinter sich und stellte die Taschenlampe auf den Schuhschrank zurück. Sie ging ins Bad, wusch sich die Hände, bürstete ihr Haar, trug etwas Lipgloss auf und lächelte ihrem Spiegelbild zu, aber die Wärme und Freundlichkeit, die es signalisierte, erreichte ihre Augen nicht. Sie ging zurück in die Küche und sah auf den Kalender. Sie nahm den roten Stift und strich ein weiteres Kästchen im Kalender rot an. Morgen würde sie ihm wieder etwas zu trinken geben. Oder vielleicht etwas zu essen? Sie würde es morgen entscheiden. Bestimmt. Vielleicht starb er auch an seinen Verletzungen. Er könnte verblutet sein bis morgen, aber dafür waren die Wunden zu klein. Sie hatte extra darauf geachtet. Es war schon erstaunlich, was man alles im Internet fand, wenn man danach suchte. Sie hatte schnell gelernt. Und jetzt saß dieser Mann in ihrem Keller: Dehydriert, fast verhungert und blutete zwischen den Ratten, die schon vor ihm im Keller gelebt hatten. Na ja, sie hatten vorher nicht alle dort gelebt, ein paar hatte sie gekauft.

Sie war immer noch erstaunt darüber, wie leicht es war, ihn in ihren Keller zu bekommen. Dabei hatte er sich doch in der Firma immer so unbesiegbar gefühlt. Zumindest hatten ihr das die Kollegen von „Bär" erzählt. Sie erzählten es hinter vorgehaltener Hand, hatten Angst vor ihm und seiner Macht, fürchteten ihren Job zu verlieren. So wie es alle taten, seit er die Leitung übernommen hatte. „Bär" hatte seinen Führungsstil konstruktiv kritisiert. Er hatte sich nicht vorstellen können, dass es Menschen gab, die ihm dankten für die konstruktive Kritik und dann anfingen, ihn systematisch aus seinem Job heraus zu mobben. Einen Job, den er schon seit Jahrzehnten machte, und er machte ihn gut. Aber plötzlich war es nicht mehr gut genug. Er war abgemahnt worden wegen haltloser Vorwürfe, aber sie standen im Raum. Seine Reputation fing an zu leiden; er fing an zu leiden, zu zweifeln, sich zu verändern. Aber das alles wusste sie zu der Zeit nicht. Sie erfuhr es erst danach. Nachdem es passiert war. Nachdem sie an einem gewöhnlichen Nachmittag vom Sport nach Hause kam und sich wunderte, dass sein Wagen bereits in der Auffahrt stand. Sie hatte diesen Tag noch genau vor Augen. Es war warm gewesen, einer der ersten warmen Frühlingstage. Die Vögel sangen aus vollem Halse und es roch schon nach Sommer. Sie schloss die Tür auf und im Haus war es still. Es war erdrückend still. Sie ging nach oben und rief seinen Namen und als er nicht antwortete, rief sie noch einmal, immer lauter, während sie die Türen zu jedem Zimmer öffnete. Ihr Rufen wurde schriller und ängstlicher mit jeder Tür, die sie öffnete. Sie fand ihn in seinem Arbeitszimmer. Sie kam herein und sein großer Bürostuhl stand wie immer zum Fenster gewandt. Sie sah, dass er darinsaß und wollte schon aufatmen und dann sah sie die Waffe auf dem Boden liegen. Ungläubig und mit Schritten, die ihr vorkamen, als würde sie in Zeitlupe gehen, war sie durch den Raum gegangen, bis sie ihn sehen konnte. Seine Augen waren blicklos und auf seiner Brust hatte sich ein Blutfleck gebildet. Er war tot. Er hatte sich erschossen. Er hatte mitten in sein Bärenherz geschossen und es hatte aufgehört zu schlagen. Dieses wundervolle Herz, das so voller Sorge gewesen war. Sie rief die Polizei und strich über seinen Kopf, bis sie kamen. Sie brachen die Tür auf aber es war ihr egal, sie konnte nicht von ihm weggehen um zu öffnen als sie klingelten. Es brauchte zwei Männer und einen Arzt mit einem starken Beruhigungsmittel, um sie von ihm wegzubekommen.

In den Wochen danach war sie nicht ansprechbar gewesen. Sie stand permanent unter Beruhigungsmitteln, weil sie die Schmerzen sonst nicht ertragen hätte. Alles tat ihr weh. Es waren Schmerzen, die man nicht beschreiben kann. Die niemand verstehen kann, der nicht einen geliebten Menschen unvorbereitet verloren hat. Die Zeit heilt alle Wunden, heißt es. Das konnte sie nicht bestätigen. Zumindest nicht in ihrem Fall, aber das lag vielleicht daran, dass sie mit ihm gestorben war. Äußerlich war sie unversehrt, aber ihr Inneres war tot. Sie war wie eine Hülle ohne Leben, ohne Seele.

Es dauerte ein Jahr, bis sie zumindest wieder am Leben teilnehmen konnte.

Arbeiten musste sie nicht mehr. Ihr „Bär" hatte für alles gesorgt. Sie würde nie wieder einen Menschen so sehr lieben wie ihn. Sie würde überhaupt nicht mehr lieben. Aber sie fühlte etwas, dass sie noch nie gefühlt hatte. Sie fühlte Hass. Hass auf den Mann, der ihr und „Bär" das alles angetan hatte. Und so schmiedete sie einen Plan.

Sie fing wieder an, Sport zu treiben und auf sich zu achten. Die Tatsache, dass sie sich seit Bär tot war nie entscheiden konnte, machte es schwierig ihre Pläne umzusetzen und so dauerte es ein weiteres Jahr bis sie das Haus am Meer kaufte. Das Haus ihrer Träume; der Träume von „Bär" und ihr. Sie war eine attraktive Frau und sie sorgte dafür, dass die Männer ihr auf der Straße nachsahen. Sie probte den Ernstfall lange und dann war es soweit. Sie wusste genau, wo sie ihn finden konnte und dann erschien sie in einem atemberaubenden Kleid mit High Heels und wallender Lockenmähne und unwiderstehlichem Lächeln. Sie strahlte Unabhängigkeit aus, denn sie hatte sich darüber informiert, mit welcher Art von Frauen er sich einließ. Er mochte starke Frauen und er benutzte sie, bis er sie gebrochen hatte und dann warf er sie weg. Dieses Mal würde es anders sein, aber das wusste er noch nicht. Sie brauchte nichts mehr zu tun, als in die Bar zu spazieren, sich mit übereinander geschlagenen Beinen desinteressiert an den Tresen zu setzen und sich einen Whiskey zu bestellen. Den Rest erledigte er. Es dauerte keine 30 Minuten, dann schlenderte er zu ihr herüber. Sie erinnerte sich nicht mehr, was er gesagt hatte, sie sah nur in seine Augen und in ihren lag dabei das Versprechen der Rache. Es war leicht gewesen, ihm etwas in den Drink zu schütten, er war arglos. Unter einem Vorwand hatte sie ihn zu ihrem Auto gelockt. Sie wusste, ihr Risiko war hoch. Wenn sie es nicht rechtzeitig schaffte ihn zu ihrem Auto zu lotsen, würde er eventuell mitten in der Bar das Bewusstsein verlieren. Aber alles lief nach Plan. Sie war erstaunt gewesen, dass ihre Unentschlossenheit ihr an diesem Abend nicht im Wege gestanden hatte, vielleicht war es das Adrenalin. Sie wusste es nicht und es war ihr auch egal. In der Lobby hatte sein Handy geklingelt und ihr stockte der Atem. Aber er nahm es nur kurz aus der Tasche und wollte es lautlos stellen. Sie küsste ihn vielversprechend auf die Lippen und leckte kurz mit der Zunge darüber. Er ließ sich ohne Probleme überzeugen, das Handy auszuschalten. Er war so leicht zu manipulieren, denn sein Blut war offenbar längst woanders hin verschwunden. Ihr war es nur recht, Hauptsache er konnte nicht über das GPS verfolgt werden. Seine Spur würde sich in der Lobby verlieren. Sie konnte ein bitteres Lächeln nicht unterdrücken. Als sie an ihrem Wagen angekommen waren, ging es ihm schon nicht mehr so gut. Er war kurzatmig und schwitzte. Sie sah ihn besorgt an und öffnete die Kofferraumklappe des SUV, damit er sich kurz ausruhen konnte. Außerdem wusste sie, dass es die einzige Möglichkeit war, ihn relativ problemlos in und aus dem Wagen zu bekommen. Er fing an, die

Augen zu verdrehen und kippte zur Seite und sie beförderte ihn mit einem beherzten Stoß nach hinten. Mit vollem Körpereinsatz zog sie seinen Körper ganz in den Wagen. Geschafft. Sie fuhr mit ihm nach Hause und parkte den Wagen nah an der Kohlenklappe, die zum Keller führte und seit Jahren nicht benutzt wurde. Sie schob und zog ihn in Richtung Kofferraumklappe und trat ihn mit den Beinen aus dem Wagen. Er stöhnte leise auf und etwas lauter, als er auf der Kohlenrutschte aufprallte und langsam in den Keller rutschte. Sie hätte fast vor Freude gejubelt, aber sie musste sich beeilen, um die Holztüren der Kohlenrutsche hinter ihm zu schließen. Die nächsten Nachbarn waren weit genug entfernt und der Keller gut isoliert, denn er würde schreien, wenn er erwachte. Aber auch dafür hatte sie vorgesorgt.

Als er das erste Mal erwachte, ging sie nur kurz in den Keller. Sie hatte das Nachtsichtgerät und die Betäubungspistole dabei. Das Ganze dauerte keine zwei Minuten, dann war er wieder still. Und so vergingen die ersten Tage. Sie hatte ihm Wasser in den Keller gestellt, aber die Tage ohne Nahrung schwächten ihn und so konnte sie nach einer Weile das Licht anmachen und sich in den Keller trauen. Die Betäubungspistole nahm sie zur Sicherheit mit. Und dann war sie wieder da, ihre Unentschlossenheit. Erst nahm sie ihm das Wasser weg, aber kurz bevor er verdurstet wäre, stellte sie es wieder hinein. Als er schwächer wurde, fügte sie ihm kleinere Verletzungen zu und sah tagelang zu, wie er schwächer wurde durch den Blutverlust. Dann versorgte sie seine Wunden. Vielleicht sollte sie ihn verhungern lassen? Es war aussichtslos, sie konnte sich einfach nicht entscheiden. Und so vergingen Tage, Wochen, Monate. Schließlich wurde ihr klar, dass sie sich nie würde entscheiden können; und außer ihrer Psychose, die dafür sorgte, dass sie sich nicht entscheiden konnte, war sie auch einfach keine Mörderin. Aber es gab etwas, dass sie für sich arbeiten lassen könnte. Die Zeit. Denn hatte nicht ausgerechnet er auf der Beerdigung zu ihr gesagt: „Kopf hoch! Die Zeit heilt alle Wunden." Auch wenn das nicht stimmte, so würde die Zeit ihr zumindest die Entscheidung abnehmen. Also schloss sie ein letztes Mal die Kellertür, ging nach oben, um ihre Koffer zu packen. Das würde eine Weile dauern, weil sie entscheiden musste, was sie mitnahm und was nicht. Sie würde nie wieder in dieses Haus zurückkehren. Er würde irgendwann sterben, in ihrem Keller und niemand würde ihm helfen. Sie ging lächelnd aus dem Haus und schloss die Tür sorgsam ab. Er starb einige Wochen später in ihrem dunklen Keller.

Die Trösterin

Sie hörte die beiden schon beim Reinkommen. Das übermütige Lachen ihrer Zwillinge, die offenbar mit dem Au-pair-Mädchen in der oberen Etage entweder eine Kissenschlacht machten oder fangen spielten, zauberte ihr ein Lächeln ins Gesicht. Sie sah auf das Bild ihres Mannes, das im Flur stand, küsste ihre Hand und hielt sie kurz auf seinen Mund. „Hallo, mein Liebling. Hörst du die beiden. Sie sind schon so groß geworden." Vier Jahre alt waren die Mädchen jetzt schon. Sie hatten ihren Vater nie kennengelernt. Er war gestorben kurz bevor sie auf die Welt gekommen waren.

Es schien ihr noch immer unwirklich. Sie bekam noch heute eine Gänsehaut, wenn sie daran dachte, dass sie schon eine Weile die Sirenen der Feuerwehr und der Polizei gehört hatte und sich nichts dabei gedacht hatte. Sie arbeiten im gleichen Unternehmen, gleich um die Ecke. Sie war zu dieser Zeit schon im Mutterschutz gewesen. Seine Schicht endete um 13 Uhr und als er um 15 Uhr noch nicht zu Hause war, rief sie ihn an. Sie landete auf der Mailbox und hinterließ ihm eine Nachricht. Sie legte ihre Hände auf ihren Bauch und sagte: „Euer Papa ist spät heute" und wie zur Bestätigung spürte sie die Tritte der Mädchen an ihren Handflächen.

Dann klingelte es an der Tür. „Jetzt hat der Papa offenbar auch noch seinen Schlüssel vergessen." Vor der Tür standen zwei Kollegen ihres Mannes, die sie kannte und noch weitere Männer, die sie nicht kannte. Ein Mann im Anzug, der ihr nicht bekannt vorkam sagte, sie würden gern mit ihr sprechen und ob sie reinkommen dürften. Obwohl sie beide im selben Betrieb arbeiteten, fühlte es sich seltsam an, dass die Männer jetzt vor ihrer Tür standen. Die Mädchen traten sie nach Leibeskräften und alles fühlte sich an, wie in Watte gepackt. Sie bat die Männer herein und der Mann im schicken Anzug stellte sich als der Anwalt des Unternehmens vor. Er bedauerte sehr, ihr diese Nachricht überbringen zu müssen. Es hatte am Vormittag einen bedauerlichen Unfall in der Produktion gegeben. Niemand hatte Schuld daran, es waren keine Fehler passiert, das hätte man schon überprüft, trotzdem war ein Teil einer Maschine abgerissen und hätte ihren Mann getroffen. Trotz sofortiger

Hilfe, war er sofort tot. Sie sah den Mann an und hörte seine Worte, aber sie verstand den Sinn nicht. Es kam ein Seelsorger der Feuerwehr und blieb bei ihr, bis ihre Mutter eingetroffen war. Sie hatten ihr etwas zur Beruhigung geben wollen, aber aufgrund der fortgeschrittenen Schwangerschaft, hatte sie abgelehnt. Ihre Mutter wurde nicht müde zu klagen, wie furchtbar das alles sei und wie es denn jetzt bloß weitergehen sollte, wie sie das Haus halten sollte, allein mit zwei Kindern. Nichts von alle dem kam an sie heran. Es gab eine Lebensversicherung, aber auch daran verschwendete sie keinen Gedanken an diesem Tag. Sie verstand nicht, was passiert war.

In der Nacht wachte sie nassgeschwitzt und von Wehen gequält auf. Die

Aufregung war zu viel gewesen für die Zwillinge. Sie bangte ein paar Wochen um das Leben der Kinder und ihr einziger Gedanke war, dass sie es nicht ertragen konnte, noch jemanden zu verlieren.

Die Gratulationen zur Geburt hielten sich in Grenzen. Man hätte ja auch über den Tod ihres Mannes sprechen müssen, und da fehlten den meisten die Worte. Nur wenige Freunde waren da und die Kollegen schickten Karten. Erst mit Beileidswünschen, dann mit Glückwünschen. Es war eine groteske Situation, die sie wie ein Gast erlebte. Sie erstritt im Vergleichswege eine Art Abfindung des Unternehmens und alle Beteiligten, sogar der Richter, wurden nicht müde zu erwähnen, dass es ihnen

schrecklich leid täte, aber niemand Schuld
hatte.

Niemand hatte Schuld. Nach und nach
spürte sie Wut bei diesen Worten. Sollte
sie das ihren Mädchen sagen? Es hat
niemand Schuld, aber ihr habt leider
trotzdem keinen Vater mehr. Er hatte sich
so auf die Mädchen gefreut. Sie hatten
solange auf sie gewartet, jetzt wäre ihr
Glück perfekt. Das Haus war auf
mindestens zwei Kinder eingerichtet, sie
hätten auch mehr genommen, aber die
Beiden waren schon ein Wunder. Und jetzt
war alles vorbei. Sie war allein mit zwei
Kindern. Für traumatisierte Mütter wie
sie, gab es viel Unterstützung und sie war
dankbar dafür. Langsam fand sie zurück
ins Leben.

Sie ging wieder arbeiten, auch wenn die erste Zeit einem Spießrutenlauf glich. Es schien jeder zu wissen, was passiert war, aber kaum einer sprach mit ihr.

Aber ihr Leben bekam wieder so etwas wie einen Alltag. Die Zwillinge waren fröhliche und für ihren Start erstaunlich pflegeleichte kleine Engel, zumindest meistens. Nach zwei Jahren wurde ihr empfohlen sich doch um eine Tagesbetreuung für die Kinder zu kümmern. Eine Freundin schlug ihr vor, sich doch um ein Au Pair zu bemühen.

Das Leben suchte sich seinen Weg. Das Lachen kehrte zurück in ihr Leben und in ihr Haus. Sie fing an, ihre Arbeitskollegen zu Abendessen zu sich nach Hause einzuladen. Sie verbrachten unbeschwerte Abende zusammen, von denen sie dem

Foto ihres Mannes erzählte, wenn sie abends alleine in ihrem Bett lag.

Montags verteilte sie im Unternehmen immer die Wochenpläne an die Kollegen. Eines Morgens rief sie der Abteilungsleiter zu sich. Er teilte ihr mit, dass sie die Pläne leider neu schreiben müsse, da ein Kollege am Wochenende mit ungeklärten Symptomen ins Krankenhaus gekommen war und dort jetzt auf der Intensivstation lag.

Sie nickte wortlos und war geschockt. Am Abend rief sie die Frau des Kollegen an, um zu fragen, wie es ihr ging und ob sie helfen könne. Die Erfahrungen des Schweigens, die sie nach dem Tod ihres Mannes erlebt hatte, wollte sie jedem ersparen.

Sie ging ins Bad, wusch sich die Hände, strubbelte sich kurz durch die Haare und ging mit einem Lächeln im Gesicht nach oben zu ihren Kindern.

Am nächsten Morgen im Büro kam der Personalchef mit sorgenvoller Miene auf sie zu. „Der Kollege ist heute Nacht gestorben." Sie schlug die Hand vor den Mund, atmete tief ein und flüsterte „Oh, mein Gott." Der Personalchef nickte und fuhr sich durch die Haare. „Der Arbeitsschutz kommt her." Sie sah ihn an und auf ihrer Stirn bildete sich eine tiefe Falte: „Schon wieder?! Die haben doch die letzten Male auch nichts gefunden." Der Personalchef nickte bekräftigend: „Stimmt. Aber genau deshalb kommen sie. Sie untersuchen die Arbeitsbereiche nochmal genauer." Sie stand auf und legte ihm ihre Hand auf die Schulter: „Wir schaffen das schon." Er lächelte ein wenig und sagte: „Wenn ich sie nicht hätte." Jetzt lächelte auch sie und sagte ein wenig geschmeichelt: „Sagen sie doch sowas nicht." Es klopfte an der Tür und der Moment war vorbei.

Ein paar Wochen später klingelte ihr Telefon und aus der Halle teilte ihr der Schichtleiter mit, dass ein Kollege sich erst übergeben hatte und jetzt bewusstlos war. Sie holten den Rettungswagen und der Kollege wurde ins Krankenhaus gebracht.

Am Abend machte sie noch einen kleinen Abstecher zur Familie des Kollegen. Seine

Frau öffnete nach mehrmaligem Klingeln und man sah ihr an, dass sie geweint hatte. Sie saßen lange zusammen an diesem Abend und die Frau schüttete ihr das Herz aus. Die Ärzte sprachen von ungeklärten Symptomen, multiplen Organschäden. Sie erzählte, dass seine Leber- und Nierenwerte schon seit einiger Zeit schlechter geworden waren und die Ärzte keinen Grund fanden. Nun waren offenbar beide Nieren ausgefallen und die Leber arbeitete auch nur noch eingeschränkt.

Ein paar Wochen später schrieb sie eine Kondolenzkarte im Namen von Firmenleitung und Kollegen. Sie setzte sich mit einem Glas Wein auf das Sofa, um die Witwe des Kollegen anzurufen. Wie fast jedes Mal, beendete diese das Gespräch mit den Worten: „Danke für Deinen Anruf, ich weiß nicht, was ich ohne deine Unterstützung tun würde." Und sie antwortete, wie immer: „Das mache ich doch gern. Ich weiß doch, wie es mir damals ging."

Eines Tages öffnete sich ihre Bürotür und zwei Beamte der Kriminalpolizei traten ein. Sie lächelte ihnen zu und bat sie zu warten, bis sie ihrem Chef Bescheid gesagt hatte. In den Wochen danach, folgten umfangreiche Ermittlungen. Es gab viel Aufruhr, aber irgendwann zog der Alltag wieder ein.

Sie wusste nicht genau, welchen Fehler sie gemacht hatte, aber irgendeinen musste sie gemacht haben. An einem Samstagmorgen standen sie plötzlich vor ihrer Tür. Sie kamen mit einigen Beamten, einem Haft- und einem Dursuchungsbefehl. Sie leistete keinen Widerstand, bat nur kurz noch zur Toilette gehen zu dürfen. Als sie sich im Spiegel ansah, sah sie nicht ihr Gesicht, sie sah nur das Gesicht ihres Mannes. Sie nahm einen Becher, und schluckte die Zyankalikapsel in einem Stück herunter. Sie lächelte und freute sich darauf, ihren Mann und ihre Kinder wiederzusehen.

Sie hatten Überwachungskameras installiert, weil sie in ihren Ermittlungen nicht weiterkamen. Dabei hatten sie sie gesehen. Hatten gesehen, wie sie das Gift auf die Pausenbrote eines Kollegen streute. Sie war sich keiner Schuld bewusst, denn sie hatte sich anschließend ja um die hinterbliebenen Frauen gekümmert, sie hatte sie getröstet. Wenn jemand Schuld auf sich geladen hatte, dann je wohl die anderen. Wenn überhaupt, war es eine Art Ausgleich. Sie sollten fühlen, was sie gefühlt hatte. Diese ohnmächtige Einsamkeit.

Die Polizisten, die ihr Haus durchsuchten fanden nur geringe Mengen von dem Gift und einen Brief, der erklärte. Aber wie sollte man das Unglaubliche erklären? Sie hatte die Kollegen vergiftet. Was den Polizisten allerdings eine weitere Gänsehaut bescherte, war das Haus, das sie vorfanden. Die obere Etage war offenbar seit Jahren nicht genutzt worden.

Sie fanden zwei Kinderzimmer mit bunten Namen an der Tür Mathilda und Theresa, doch die Zimmer wirkten unbenutzt. Sie hatte die Kinder in der Nacht nach dem Unfall verloren. Die untere Etage war klinisch sauber. In diesem Haus hatte seit Jahren niemand mehr wirklich gelebt.

Homeoffice

„So, meine Damen und Herren," lächelte Gerald charmant, „wenn es dann keine weiteren Fragen gibt..." er ließ das Ende offen und endete dann, als er das Kopfschütteln seines Teams sah: „Na, dann: Frohe Weihnachten, danke für das vergangene Jahr und auf ein erfolgreiches Neues." Er sah die zustimmenden Daumen hochgehen, bevor ein Mitarbeiter nach dem anderen vom Bildschirm verschwand. Schließlich blieb nur noch Melanie, seine persönliche Assistentin übrig. „Wir haben dich lang nicht mehr gesehen", sagte sie und er antwortete: „Wir haben uns alle lange nicht mehr gesehen. Wer hätte gedacht, dass die Homeoffice-Zeit so lange anhalten würde." Sie sah ihn an und sagte nachdenklich: „Ja, die Homeoffice-Zeit." Man sagt ja, dass es im Frühjahr wieder zurück in die Büros gehen soll." Er nickte bestätigend und sie sah, wie er kurz zuckte. „Geht's dir gut?" fragte sie. Melanie hörte ein leises klicken und Gerald sagte: „Ja, alles Bestens. Du ich muss auch gleich. Andrea wartet mit dem Essen." Melanie fand, er wirkte nervös, sagte dann aber: „Ja, ich mach auch gleich Schluss. Schöne Weihnachten, Gerald. Ich freu mich auf ein neues Jahr mit dir." Gerald schluckte und sagte nur: „Tschau, Melanie. Bis bald." Seine Frau stand an der Tür und äffte seine Assistentin nach: „Ich freu mich auf ein neues Jahr mit dir", dann lachte sie verächtlich. „Wenn ein Bildschirm sabbern könnte." Er sah seine Frau an und fragte sich, wie ein Mensch der außen so schön war, innen so hässlich sein konnte. „Essen ist fertig, Schatz,“ sagte Andrea, während sie das letzte Wort fast ausspuckte.

Andrea war eine hervorragende Köchin. Aber der fast immer gleiche Monolog sorgte dafür, dass er das Essen nicht genießen konnte. „Wie lange ist diese Melanie schon deine Assistentin?“, sie wartete die Antwort nicht ab, wie gesagt, es war ein Monolog. „Schon seit drei Jahren, oder? Du hast sie ja auch mit offenen Armen empfangen, da war es sicher auch nicht weit bis zu ihrem Höschen.“ Gerald reagierte nicht, warum auch. Das Ergebnis würde immer das gleiche sein. „Na komm schon, Schatz, warum so wortkarg. Seit wann fickst du sie?" Jetzt ging es ihm doch zu weit. „Andrea!" Sie trank ihren Wein in einem Zug aus und warf das Glas an die Wand. Er zuckte nicht einmal mehr, es war nicht das erste Glas. „Ach, Schatz, gefällt die meine Ausdrucksweise nicht?! Das tut mir leid. Ich geh mir gleich den Mund mit Seife auswaschen." Ihre beiden Teller waren noch kaum berührt, aber sie stand auf, nahm die Teller und warf sie mit dem Essen in den Müll. „Sowas Gutes hast du gar nicht verdient." Gerald war sich nicht sicher, ob sie damit nur das Essen meinte, oder auch sich.

Am Anfang hatte Gerald sich glücklich geschätzt, dass er Andrea erobern konnte. Sie war eine Frau, nach der man sich umdrehte, Männer wie Frauen. Sie war eine Erscheinung und wenn sie den Raum betrat, veränderte sie die Atmosphäre. Er sah sie und wusste, er wollte sie nicht nur in seinem Bett, sondern in seinem Leben. Vielleicht war das der Grund, warum er das Bett bewusst bei ihren ersten Begegnungen ausgelassen hatte. Sie machte es ihm nicht leicht. Ihre Signale bedurften keiner Auslegung. Aber er wollte sie mit Haut und Haaren. Sie war eine intelligente Gesprächspartnerin, hatte Witz und wirkte, als könne sie nichts aus der Ruhe bringen. Sie ruhte so sehr in sich selbst, dass er sich nach kurzer Zeit sicher war, dass sie die Frau war, auf die er immer gewartet hatte.

Sie zogen erst nach der Hochzeit zusammen und ihm war lange Zeit gar nicht klar gewesen, dass er nie gesehen hatte, wie sie vor ihm gelebt hatte. Sie trafen sich bei ihm oder in Hotels. Er setzte sie höchstens Mal vor ihrer Haustür ab. Sie hatte ihm erzählt, dass sie in einer Art WG wohnte und er hatte nicht weiter nachgefragt. Ihre Kennenlernphase war kurz gewesen.

Sie waren noch nicht lang verheiratet, eigentlich begann es schon in den Flitterwochen, dass sie jeden Blick, jeder Frau der sie begegneten, interpretierte. Sie unterstellte nicht nur den Frauen, dass sie es auf ihn abgesehen hatten, sondern auch ihm, dass er ihnen nachstellte. Vielleicht hätte er die Anzeichen früher erkennen müssen, aber er erkannte den Ernst der Lage lange nicht. Eines Morgens wachte er auf, und sie hatte ihn mit einer Hand ans Bett gefesselt. Eine Stunde später kam sie wieder und er musste sich mit Sex freikaufen. Es war aufregend, sie waren in den Flitterwochen und er freute sich, dass sie eine Frau mit Spieltrieb war. Auch als sie die Frau in den Pool stieß, der sie mal wieder unterstellte, dass sie ihn anflirtete, hatte er es noch mit einem anerkennenden Kopfschütteln zur Kenntnis genommen. Irgendwie gefiel es ihm auch, dass sie um ihn kämpfte.

Im Alltag begann ihre Fassade langsam zu bröckeln. Dass sie ihn anrief freute ihn. Dass sie ihn zu 10 Mal und mehr am Tag anrief, schmeichelte ihm erst, aber schließlich versuchte er, ihr klarzumachen, dass er gelegentlich auch mal arbeiten musste. Sie reagierte heftig. „Du machst bestimmt erstmal deine Assistentin klar. Du bist ja auch mehr mit ihr zusammen als mit mir." Er versuchte ihr zu erklären, dass sie die Einzige für ihn war. Es war ihr ein Dorn im Auge, dass er täglich ins Büro fuhr. Sie selber war Anwältin in einer großen Kanzlei. Sehr erfolgreich, aber sie arbeitete die meiste Zeit von zu Hause aus. Mit der Zeit wurde ihm klar, dass sie nicht ganz so selbstbewusst war, wie er gedacht hatte und er nicht wusste, wie er es schaffen sollte, die Lücke in ihrer Selbstwahrnehmung zu füllen. Ihr zu sagen, dass er sie liebte und sie die Einzige war, entwickelte sich zu einem Vollzeitjob. Die Unterstellungen, dass er eigentlich mit jeder Frau ins Bett stieg, strengten ihn an. Wenn ihre Verdächtigungen der Realität entsprochen hätten, hätte er sein Geld mit Prostitution verdienen müssen, weil für das Büro keine Zeit mehr geblieben wäre.

Dann kam Corona. Eine harte Zeit für alle. Von heute auf morgen nur noch Homeoffice. Aber die Unterstellungen seiner Frau wurden nicht weniger. Erst da wurde ihm klar, dass sie fernab der Realität lebte. Krankhaft. Er stellte fest, dass sie Tabletten nahm und als er das Anwendungsgebiet im Internet nachlas, beschloss er, sie direkt darauf anzusprechen. Sie stand in der Küche und goss sich ein Glas Wein ein. Er trat dazu und meinte: „Ich glaube, es ist keine gute Idee, Alkohol zu deinen Medikamenten zu trinken." Er hatte sich auf eine hitzige Diskussion vorbereitet, aber darauf, dass sie ohne zu zögern ausholte und ihn mit der Flasche bewusstlos schlug, war er nicht vorbereitet gewesen. Als er wieder aufwachte hatte sie ihn mit Kabelbindern gefesselt. „Was ist passiert?" Sie saß entspannt mit ihrem Weinglas auf dem Sofa, prostete ihm zu und sagte: „Ja, was ist bloß passiert?! Sag du es mir! Schließlich sitzt du auf dem Chefsessel." Sie schüttelte sich vor Lachen über ihren eigenen Witz. Er sah sie ernst an und sagte: „Sehr witzig. Du hattest deinen Spaß und jetzt mach mich los." Sie lächelte ihn an und nahm die Fernbedienung vom Tisch. Er fragte sich, wie sie so abgebrüht sein konnte, jetzt den Fernseher anzuschalten. Sie sah ihm in die Augen, drückte den Knopf der Fernbedienung und sein ganzer Körper verkrampfte sich. Stöhnend sank er zusammen, soweit seine Fesseln es zuließen. „Ist es nicht faszinierend, was man alles im Internet bestellen kann?“ Als er sich von dem Stromstoß erholt hatte, sagte er: „Was glaubst du, wie lange das hier unentdeckt bleibt, wenn ich nicht mehr arbeite.“ Sie warf den Kopf in den Nacken und sagte: „Wer sagt, dass du nicht mehr arbeitest? Du bleibst eben im Homeoffice. Wenn ich Herrn Spahn richtig verstanden habe, kann dieser Zustand hier noch eine Weile anhalten. Unser Gesundheitsminister, ein Mann ganz nach meinem Geschmack.

All das war jetzt schon zwei Jahre her. Niemand hatte etwas bemerkt. Er war im Homeoffice, wie viele andere auch. Vollzeit. Seine Frau arbeitete jetzt auch Vollzeit. Sie bewachte ihn von der Tür aus mit der Fernbedienung und dem Gewehr, dass sie sogar legal besaß. Das Gewehr war gut auf ihn ausgerichtet. Sie hatte noch nicht auf ihn geschossen. Bisher waren kleine Stromstöße ausreichend gewesen, immer wenn er versuchte jemandem Zeichen oder Hinweise zu geben. Mittlerweile hätte er wieder ins Büro gehen können, zumindest gelegentlich, aber seine Frau wusste das zu verhindern. Urkundenfälschung war offenbar auch eines ihrer Steckenpferde. Gelegentlich fuhr sie gut gelaunt in sein Büro, um seinen Mitarbeitern eine kleine Aufmerksamkeit zu bringen. Eine Snackplatte für die Meetings, Weihnachtskarten, Gutscheine, kleine Aufmerksamkeiten. Gelegentlich lachte sie, wenn sie ihm davon erzählte und meinte: „Irgendwann wirst du noch der Chef des Jahres werden.“

Ihm war mittlerweile klar geworden, dass es für ihn kein Entkommen aus dem Homeoffice gab. Was würde passieren, wenn er irgendwann gezwungen wäre, wieder in die Firma zu fahren? Würde sie ihn dann töten? Er traute ihr mittlerweile alles zu und tatsächlich fragte er sich manchmal, ob das nicht das kleinere Übel wäre.

Irgendwann an einem beliebigen Dienstag, während einer Zoom-Konferenz, flog eine Rauchbombe durch das geschlossene Fenster und kurz darauf kippte seine Frau an der Tür von ihrem Bewachungsposten. Sie verlor die Fernbedienung, schaffte es aber noch einen Schuss auszulösen, der ihn knapp verfehlte. Als das SEK ihn befreite, war er zu keiner Emotion fähig. Emotionen hatte er, um zu überleben, schon lange abgeschaltet. Im Krankenhaus besuchte Melanie ihn. Sie erzählte ihm, dass ihr aufgefallen war, dass er sich irgendwie verändert hatte. Sie hatte den Eindruck gehabt, dass irgendetwas nicht stimmte. Sie war zu seinem Haus gefahren und trotz der ganzen Vorsichtsmaßnahmen, die Andrea getroffen hatte, hatte Melanie gesehen, wie Andrea mit der Waffe im Flur stand. Sie rief daraufhin die Polizei, die ihm dann das Leben rettete. Melanie hatte ihn gerettet.

Gerald fühlte keine Dankbarkeit. Das Einzige, was er von Melanies Geschichte gehört hatte, war, dass sie ihn gestalkt hatte, wenn man es genau nahm. Sie hatte ihm nachspioniert, sich in sein Leben eingemischt. Es fühlte sich manipulativ an. Gerald wurde in diesem Moment klar, dass es keine Frau mehr in seinem Leben geben würde, nachdem der Tod ihn endlich von seiner geschieden hatte.

10. Tanja Wahle

1972 in Hamburg geboren lebt sie nach wie vor in der schönsten Stadt der Welt, auch wenn es sie oft an Meer zieht. Ihr Herz gehört der Kreativität in verschiedenen Bereichen und der Arbeit mit Menschen.

Bisher erschienen sind:
Pfefferminzbruch – Kurzgeschichten
Prinzessin Karottchen
Sonntagsweibchen – Roman
Verschiedene Reiseführer
Bestellbar im Buchhandel
und bei www.buch.guru